KB129937

행복한 학교를 만드는 선생님

학교를 가꾸는 사람들

학교를
가꾸는
사람들

초판 1쇄 발행 2017년 9월 1일

지 은 이	김기찬
발 행 인	권선복
편 집	심현우
교 정	천훈민
디 자 인	이세영
마 케 팅	권보송
전 자 책	천훈민
발 행 처	도서출판 행복에너지
출판등록	제315-2011-000035호
주 소	(157-010) 서울특별시 강서구 화곡로 232
전 화	0505-613-6133
팩 스	0303-0799-1560
홈페이지	www.happybook.or.kr
이 메 일	ksbdata@daum.net

값 15,000원

ISBN 979-11-5602-515-3   03810

Copyright ⓒ 김기찬, 2017

* 이 책은 저작권법에 따라 보호받는 저작물이므로 무단전재와 무단복제를 금지하며, 이 책의 내용을 전부 또는 일부를 이용하시려면 반드시 저작권자와 〈도서출판 행복에너지〉의 서면 동의를 받아야 합니다.

도서출판 행복에너지는 독자 여러분의 아이디어와 원고 투고를 기다립니다. 책으로 만들기를 원하는 콘텐츠가 있으신 분은 이메일이나 홈페이지를 통해 간단한 기획서와 기획의도, 연락처 등을 보내주십시오. 행복에너지의 문은 언제나 활짝 열려 있습니다.

행복한 학교를 만드는 선생님

학교를 가꾸는 사람들

김 기 찬 지음

도서
출판 행복에너지

차례

2000년, 새천년은 세계인에게 새로운 희망과 감동을 주면서 시작되었다. 그리고 그해 2월 13일, 나는 서령고등학교 교장으로 취임했다.

희망과 기쁨이 가득한 새천년, 40대 후반의 젊은 나이에 교장에 취임하는 것으로 시작한 12년의 재임 기간은 수많은 경험을 통하여 교육의 중요성을 다시 깨닫는 기회가 되었다. 지금 돌이켜보면 교장으로서, 학교 경영자로서 최선을 다했다고 자부할 수 있다. 특히 미국을 비롯한 세계 20여 개국의 중등 교육 현장을 직접 살피며 그곳의 교육과정敎育課程과 흐름을 파악하고 우리 학교에 적용해 글로벌한 인재를 키우기 위한 노력 등은 간과할 수 없다. 자매학교인 중국 안휘성 합비 시 소재 합비1중과 일본 교토에 소재한 구미하마 고고의 운영을 보며 우수사례를 접목해 세계적 안목을 가진 인재를 키우는 노력을 게을리하지 않앉다. 중국 합비1중을 다섯 차례 방문하여 해박하고 투철한 교육 철학을 가진 진동陳棟 교장校長과 함께 학생교육과 교직원 연수에 관하여 의미 있는 의견을 교환했던 일은 특별하고 소중한 일이었다. 이를 통하여 양국 교육의 가치를 공유하여 시너지 효과를 얻을 수 있는 기회가 되었기 때문이다. 진동 교장도 서령고등학교를 세 차례 방문하면서 우리 교육의 장점을 접목하기 위해 애쓰던 모습이 떠오른다.

재직하는 동안 교육부의 정책입안에 직접 참여했던 경험도 매우 유익한 시간이었다. 중등정책 심의위원으로 선임되어 일 년에 네 차례 정도 교육부에서 현안인 교육정책에 대한 의견을 토론한 후 조율하여 교육부에 전달하는 과정을 통하여 교육의 변화에 참여했던 점은 매우 의미 있는 일이었다. 그뿐만 아니라 충남 교육연수원을 비롯하여 교육부, 서울시, 대전시, 전북 교원 연수원 등 여러 연수기관에 출강해 교장연수와 각종 교원연수에서 학교 경영사례 및 교육철학을 전달할 수 있었던 것도 보람의 시간이었다.

2005년에는 서울대학교 사범대학에서 실시하는 한국 교육행정 연수에 참가했다. 매년 초·중등교장을 대상으로 실시하는 3개월 코스 연수로, 다양한 선진 경영기법 등을 비롯한 교육의 비전을 공유할 수 있는 교육계 최고 연수 과정이다. 사립 교장에게는 참여할 기회가 적었는데 도교육청의 추천으로 참여할 수 있었다.

한국교총과 중등교장회 이사로도 참여했다. 특히 서산시 교원 연합회 회장을 두 차례 역임했다. 한국교총은 교원들의 복리 증진과 전문성 향상을 목적으로 하는 교원 전문 단체로 정치성이 없는 순수 교원들의 모임이다. 회장으로 있는 동안 교직원 노동조합에 속한 교원들과 함께 서산시 교육자 대회를 개최하여 서령고등학교의 명소인 등나무 아래서 등꽃 향을 함께 나눈 일은 참으로 아름다운 추억으로 다가오기도 한다.

고단에 몸담으며 오랫동안 교원으로서의 정체성을 확립하지 못한 채 방황의 시간을 보내기도 했다. 서령고등학교는 1956년 5월 3일에 개교한 사립 일반계 고등학교다. 사실은 이보다 훨씬 전인 1949년 초, 「명륜明倫고등공민학교」란 비정규 중등 교육기관으로 태동했다. 「명륜」이란 명칭으로 보아 '향교'와 관련 있음을 짐작할 수 있다. 당시 임중호任重鎬 선생 등 교육계 지도자들이 뜻을 모아, 지역의 유지이며 향교鄕校의 전교典校였던 나창헌羅昌憲 씨를 이사장理事長으로 영입, 서령중·고등학교가 정식으로 개교할 수 있도록 하여 서산 지역의 배움에 목마른 청소년들의 꿈의 전당이 되었다. 우리나라 지방에 소재한 사립학교 대부분이 그렇듯 서령중·고등학교의 법인체도 영세하여 개교 초창기는 교직원들의 봉급조차 제대로 줄 수 없을 정도로 학교 경영이 힘들었다. 당시 교원들의 전출입이 잦아 교사와 학생 간의 끈끈한 정보다는 형식적인 관계가 될 수밖에 없는 안타까움이 존재했다. 그럼에도 몇몇 교원은 학생을 진심으로 사랑하고 성의껏 지도하여 대학에 진학을 시켜 그들의 삶을 성공적으로 살도록 인도함으로써 후에 많은 제자로부터 존경받게 된 큰 스승도 있었다. 그중 대표적인 분이 임종호 선생으로, 졸업생들에게 회자되고 있다.

1974년 심현직沈鉉稷 선생에 의해 법인이 새롭게 구성되며 서령중·고등학교는 새로운 전기를 맞는다. 서산지역에서는 시내에 소재한 서령고등학교가 신생과 성장의 시기를 거치며 안정을 찾게 된다. 안정화는 그냥 얻어지는 것이 아니다. 구성원들의 철저한 혁신의식이 꼭 필요하다. 혁신과 개혁에는 고통과 희생이 따르게 마련이다. 희생과 고통 위에 맺힌 열매는 '생명의 학교'라는 결실이다. 바로 생명력 넘치는 소망의 학교로 향하는 발돋움이다.

학교 발전과 안정화를 굳이 거론하는 것은 서령이라는 단위학교가 발전하여 「명문」에 이르기까지 특별한 과정이 있었기 때문이다. 그 특별한 과정을 만든 사람이 다름 아닌 교원들이고 그래서 교원들은 위대하다.

교원들은 아이들이 행복하고 성공적인 삶을 살아가도록 교육이라는 토양을 기름지게 가꾸는 사람들이다. 더불어 자녀들 때문에 노심초사하는 학부모나 경쟁의 소용돌이 속에서 고뇌하는 학생들의 위로자이기도 하다. 또한 교사는 전문직이다. 교사들의 교육에 대한 전문적 지식과 인간을 이해하는 지극한 사랑이 있을 때 비로소 신뢰가 정착하는 학교로 자리매김할 수 있다.

서령고등학교의 교사校史를 집필하면서 학교의 융성기에는 반드시 교사들의 땀과 정성이 배인 헌신적 노력이 있었음을 깨달았기 때문에 교원의 조직이 얼마나 중요한가를 강조하지 않을 수 없다.

학교의 역사와 전통은 하루아침에 만들어지는 것이 아니다. 학교설립자의 투철한 설립의지와 학교경영자인 학교장의 뚜렷한 교육철학, 그리고 학교구성원들의 헌신적인 노력이 식지 않고 오랜 세월 이어지면서 만들어지는 것이다.

학교장으로 재직했던 12년은 나 개인에게는 축복이자 부담의 시간이었다. 나의 소명은 설립자의 강력한 카리스마가 발휘하는 영향을 훼손하지 않으면서 학교장으로서의 교육철학을 물 흐르듯 실현해 나가는 것이었다. 그 과정에서 힘든 시간이 없었던 것은 아니지만, 이사장의 학교사랑愛과 교직원을 배려하는 따뜻함이 있어 이겨낼 수 있었고, 그 속에서 학교를 경영할 수 있었음에 감사한다.

유능한 지역인재를 육성하기 위하여 사명감에 불타며 함께 땀을 흘린 많은 교사들은 나에게는 교육철학을 실천하는 데에 든든한 우군友軍이었다.

학교를 신뢰하고 학교장의 경영철학에 함께해 준 학부모와 든든한 버팀목이었던 동창회는 영원히 가슴속에 고마움으로 간직해야 할 분들이다.

언론인들에게도 고마움을 표한다. 학교의 교육적 성취를 함께 기뻐하고 격려하며 지면을 통해 보도를 마다하지 않았으며 전국 명문으로 발돋움할 수 있도록 적극적으로 홍보해 주었다.

그리고 심현직 법인이사장님을 다시 언급한다. 서령이 발전할 수 있었던 계기는 우수한 교사가 있었기 때문이고, 우수한 교사를 확보하기 위해 1990년부터 교원공개채용 건의를 과감히 수용했다는 점을 높이 평가하지 않을 수 없다.

이번에는 서령의 성취를 더듬어 본다. 「일등생보다는 유일한 한 사람으로 키우자」는 슬로건에 '서령 1, 2, 3, 4운동'의 지속적 전개와 함께 교육과정教育課程이 알차게 운영되었다. 그리고 다양한 분야에서 괄목할 만한 성과로 나타났다. 대학 진학 상황의 놀라운 향상뿐만 아니라 운동부 카누선수들은 전국 체육 대회에서 매년 금메달로 자신들의 존재를 확인시켰고 1인 1악기를 배우기 위해 출발한 관악부는 전국 관악경연 대회에서 상위 입상하는 쾌거를 이루었다. 수학, 과학 경시대회 때마다 전국대회 제패, 컴퓨터 경진대회를 비롯한 각종 학생 경연대회에서의 수상 소식은 학생 본인은 물론 학부모의 보람이기도 했고 지역의 자랑이기도 했다. 학생들의 이런 실적은 KBS『도전! 골든벨』골든베러 탄생, 대한민국인재상人材賞 수상 등으로 이어지며 서령 역사의 새로운 장을 열었다.

돌이켜 보건대 어느 교육기관이든 그 구성원의 확고한 철학과 정체성이 확립되어야 하고, 많은 시간을 들여 축적될 때 비로소 명문으로 지역사회의 인정을 받을 수 있다. 서령이 명문이 된 것도 바로 여기에서 비롯되었음을 확신한다. 이 세상에 노력보다 더 중요한 것은 없다. '천재는 99%의 땀과 1%의 영감'으로 만들어졌다는 것은 진리다. 명문 서령이 걸어온 길이 바로 그런 길이기에 더욱 그렇다. 구성원들의 하나 된 마음, 서로 존중하는 마음 그리고 변화를 향한 끊임없는 노력이 학교를 명문으로 만들어준다. 이런 노력이 없는 교육기관에는 학부모, 교육청, 지역사회에서 어떠한 신뢰도 보내지 않는다.

이 책은 그간의 교육활동 내용을 담론으로 기술했다. 처음 여는 장에서 교원으로서의 학교생활의 시작과 그 당시 시대 상황을 간략히 담았고, 제1장 '변화의 시작'에서는 학교장 취임 이후 변화와 혁신의 기초를 닦은 이야기를 담았다. 제2장 '교원의 자부심'에서는 교육을 직접 담당하는 교원들의 정체성에 관련된 내용과 미래 주인공인 학생들을 지도하기 위한 교원들의 열정을 적었다. 제3장 '교육의 승리'에서는 교원들의 지도와 학부모, 지역사회의 요구에 학생들이 어떻게 부응했는지를 담았고, 제4장 '보람의 교단'에서는 가르친 제자들이 성취하는 모습을 지켜보면서 교원으로서 느끼는 자부심과 긍지를 적었다. 제5장 '학교를 가꾸는 사람들'에서는 학부모, 동창생, 지역인사, 언론, 교육청이 학교를 가꾸기 위해 어떤 노력을 했고 학교는 이들과 어떤 관계를 설정했는지를 적었다.

　본래 이 책을 집필하게 된 동기는 내가 한 일을 자랑하기 위함이 아니다. 바로 나의 은사님께서 구십의 고령에도 불구하고 나의 명예퇴직 소식에 직접 손편지^{부록참조}를 보내주신 정성에 감동하여 보답의 길을 찾는 데서부터 시작한 글이다. 또, 이메일^{부록참조}로 나의 명예퇴직을 염려하며, 그러나 희망의 언어로 응원해준 후배 교사의 진정성 있는 마음에 고마움을 전하기 위해서 쓴 책이다. 그뿐만 아니라 많은 졸업생, 학부모, 지역인사에게 그간의 고마움을 표하려는 의도다.

　후에 한서대학교韓瑞大學校 함기선咸基善 총장님의 배려에 고수가 되어 교직을 희망하는 대학생들에게 교육학 강의를 통하여 훌륭한 중등교사의 자질을 함양하는 데 나의 경험이 조금이라도 도움이 되어야 한다는 생각이 바탕이 되어 이 책을 내야겠다는 생각을 굳히게 되었다.

지금까지 살아오면서 많은 분으로부터 은혜를 입고 있음을 마음 깊이 간직하며 감사하게 생각한다. 혹시 이 책이 자신의 별 것 아닌 공적을 자랑하고 잘못된 일에 대해서 남의 탓으로 돌리는 것으로 오해할 수도 있을 것이다. 영국의 문호 셰익스피어도 「과거를 자랑하지 마라. 옛날이야기밖에 가진 것이 없을 때 당신은 처량해진다. 삶을 사는 지혜는 지금 가지고 있는 것을 즐기는 것이다.」라고 말했다.

이 책을 집필하기 전부터, 그리고 집필하면서도 많은 생각을 했다. 그럼에도 책을 내는 것은 나의 작은 성취가 오직 학교를 학생들이 행복한 꿈을 키우는 배움터로 가꾸고자 하는 사람들의 응원이었음을 알리고 싶은 염원 때문이다.

2017. 8. 김 기 찬

꽃밭에 물을 주며

김기찬

양토壤土에 거름 주고
꽃씨 뿌려 만든 꽃밭
모락모락 자라나는
웃음꽃 아름답다.

이따금 목마를까
꽃밭에 물을 주면
꽃이 좋아 입 벌리고
내 입도 절로 열려
꽃이 되어 웃어 본다.

어여쁜 꽃들이여
꽃밭이름 널리 알려주렴
열매로 곱게 맺혀
향기로 뿌려다오.

교학위선(教學爲先)의
실천 교본이 되기를

한서대학교 총장 함기선

교단 40년을 맞이한 김기찬 교수가 중등교육 현장의 경험을 담론집으로 출간한다는 소식을 듣고 예기 속에 제시된 교학위선教學爲先을 생각하게 된다. 김 교수는 평생을 학교와 학생 그리고 배우고 가르치는 현장에서만 보냈다. 한서대학교로 자리를 옮기기 전 중등교육 현장에서의 생활 모습은 헌신적이며 교육자의 표상이었다는 표현에 결코 부족함이 없었다. 특히 교장으로 재직하는 동안 문제 해결 방식이 역지사지의 정신에 근본을 두는 접근 방식이었음을 본인은 잘 알고 있다. 교사들과의 대화에서는 교장이 아닌 평교사의 입장, 학생과 학부모와의 토론에서는 교장이 아닌 학생과 학부모의 입장에서 경청하며 풀어가는 방식으로 동료들과 학부모로부터 진심 어린 신뢰와 지원을 받아가는 모습이 감동적으로까지 느껴졌다.

김 교수의 이런 장점은 사람에 대해 깊은 관조에서 우러난 것으로 생각한다. '사람다운 사람'으로 성장하는 것, 사람다운 사람으로 인정받는 것에 대한 통찰과 깊이에서 나온 그의 관계가 오늘의 김 교수를 만들었고 신뢰를 주는 것이 아닌가 한다.

이번 출간되는 '함께하는 학교'가 과거 김 교수가 경영했던 중등교육의 일부분을 이해하는 계기가 되는 동시에 이의 바탕 위에 대학이 추구하는 교육을 성취하는 데 큰 몫을 담당하기에 교학위선의 실천 교본이 되기를 바라며 축하를 드린다.

함께 가꾸는 학교 간행을 축하하며

김형순 (전 서산교육장)

만남에 가치를 부여한다면 김기찬 교수와의 만남은 '가치의 만남'일 게다. 교육을 통한 만남이었기에 그렇다. 교육 자체가 가치이기 때문이다. 그렇다고 교육자가 다 가치 있다는 이야기는 아니다.

김 교수가 대학 강단에 서기 전까지 나는 김 교수와 참으로 많은 만남을 가졌다. 본인은 그렇지 않다고 말하지만 그는 교단인들의 표상이었다. 표상이란 앞에서 보나 뒤에서 보나 본받을 점만 보이는 상상의 선생님을 말한다. 그리고 그는 학생, 학부모, 교직원, 지역인사들의 수훈자였다. 수훈이란 당사자의 피력 모두를 스스로 자기화하는 정서적 교훈을 의미한다. 그는 교직에서 헌신과 봉사의 봉공자였다. 여기서 봉공이란 자신의 직책에 목숨을 걸 만큼 모범적인 행위 일체를 말한다. 김 교수는 만날수록 신뢰가 깊어지는 사람이다. 그의 인품과 교육적 소신, 학구열에서 그렇다. 서령고 교장에 취임하며 내건 '일등생보다 유일한 한 사람으로 키우자'는 슬로건은 그의 교육철학이 무엇인가를 깨닫게 하는 대목이다.

서령고가 지역을 넘어 전국적으로 사랑을 받았던 것은 그의 교육철학을 교직원은 물론 학부모, 지역인사들이 동의해 주었기 때문이다. 그 동의를 바탕으로 하나가 될 수 있었던 힘은 김 교수의 부드러운 리더십이 아니었나 생각한다.

이번에 발간하는 '함께 가꾸는 학교'가 김 교수의 또 다른 출발의 시발점이 되기를 바라며 축하드린다.

추천사

서산시장 이 완 섭

　오늘날 우리나라가 다른 선진국과 당당히 어깨를 겨누며 발전을 거듭하고 있는 것은 바로 교육의 힘이라고 해도 과언이 아닙니다.

　이런 교육현장에서 평생을 보내신 김기찬 교수님께서 그 소중한 경험을 엮어 책으로 펴내신다는 소식에 참 반갑고 또 고마운 마음입니다.

　학창시절 교사의 꿈을 꾸었던 제게 한평생을 교직에 몸담고 참교육을 실천해 오신 김기찬 교수님은 늘 존경의 대상이었습니다.

　교수님께서 12년간 교장선생님으로 재직하신 서령고등학교는 서산을 대표하는 지역명문이자 서산의 자랑으로 누구나 인정하는 학교입니다.

　이렇게 좋은 학교는 어떻게 만들어지는가? 바로 김 교수님의 책 속에 답이 있습니다. 교원, 학생, 학부모, 동창회, 그리고 지역사회가 함께 움직여야 변화가 일어납니다. 이 책에는 이런 변화를 이끌어내기 위해 어떤 노력과 과정을 거쳤는지 생생하게 기록되어 있습니다.

　작게 보면 김기찬 교수님 인생의 가장 소중한 시기에 대한 일대기이고, 크게 보면 흔들리는 우리 교육이 나아가야 할 방향을 제시해주는 훌륭한 지침서라고 생각합니다.

　꼭 학교 선생님과 학생, 학부모님들께서 함께 읽어 보시길 권해드립니다.

　김기찬 교수님의 새로운 저서 출간을 진심으로 축하드리면서, 김 교수님의 건승과 함께 이 책을 읽으시는 모든 분의 건강과 행복을 기원드립니다.

　감사합니다.

추천사

출간을 축하드리며

대전지방검찰청 서산지청장 위재천

교육이란 무엇인가에 대한 질문은 모든 교육자가 가지는 의문이며 성찰의 시발점이 됩니다. 바로 그런 물음에 대해 하나의 답을 제시할 수 있는 길을 묵묵히 걸어온 분인 김기찬 교수님께서 책을 펴낸다는 소식에 교육자가 아닌 저도 기대를 할 수밖에 없었습니다.

그는 충남 서산의 서령고등학교를 「일등생보다는 유일한 한 사람으로 키우자」는 슬로건 아래 변신을 시도하였습니다. 책에서는 서령 1,2,3,4 운동(하나의 특기, 능통한 2개의 외국어, 세 가지 자격증, 네 가지 이상 상장 취득)을 통해 2003년 처음 시행한 전국 100대 교육과정 최우수학교로 선정되기까지의 과정을 담담하게 기술하고 있습니다.

40대 젊은 나이에 서령고등학교 교장으로 취임하여 12년 동안 명실상부한 명문사학으로 변모시킨 전 교장선생님, 김기찬 교수님의 열정은 그의 담담한 말과는 다르게 사뭇 감동으로 다가옵니다.

또한 자신의 교육철학을 이루기 위해 학교 내부의 변화에 그치지 않고 교장으로서 지역인사와 학부모들과 원활한 소통을 통해 강한 연대감을 형성하면서 학교의 진정한 발전을 이루어냈습니다.

그가 걸어온 길은 지금 교단에 있는 모든 교육자에게 하나의 표상이며, 진정한 교육자의 모습을 남겼습니다.

그런 참교육자의 꿈과 노력의 결실이 담긴 귀한 자료가 앞으로 학교를 가꿀 사람들에게 길잡이가 될 것을 기대하며 출간을 축하드립니다.

추천사

김기찬 교수의 출간을 축하하며

홍성열 (마리오아울렛 대표이사 회장)

김기찬 교수와는 죽마고우로서 오랫동안 인연을 이어왔다. 그와의 인연은 지금도 이어지고 있으며, 나의 인생에서 그와 같은 참교육자와의 인연을 길게 이어가고 있다는 것은 매우 가치 있고 자랑스러운 일이다.

그가 소개한 대로 나는 모교에 재학중인 후배들을 위해 물심양면으로 지원하고자 노력했으며, 이러한 마음은 바로 나의 친구인 김기찬 교수를 통하여 비로소 학교발전의 밑거름으로 온전히 쓰일 수 있었다.

그와 나는 서로 다른 길을 걸었지만 닮은 점이 많다. 내가 평생에 걸쳐 마리오아울렛을 국내 굴지의 기업으로 성장시켰듯이 그는 교육자로서 모교의 발전을 위해 열정과 혼을 다하여 모교인 서령고를 국내 최고 수준의 명문고로 만들었다.

우리는 둘 다 각자의 위치에서 각자의 신념으로 각자 맡은 곳을 국내 최고 수준으로 일으켰으며, 그 과정에서 동질감을 느낄 수밖에 없었다. 어려서부터 명석하고 겸손하였으며 신념이 올곧았던 그가 후학을 가르치는 데에 열정을 쏟아 마침내 명실상부한 참된 명문으로 이끈 것과, 후학을 위해 정년을 남기고도 명예롭게 퇴임하여 고향의 한서대학교에서 교수로 재직하며 후학을 계속하여 양성하는 것에 존경을 표한다.

상생하는 리더십, 올곧은 신념의 리더십으로 모교인 서령고를 명문으로 이끈 김기찬 교수의 열정이 담긴 저서 출간을 진심으로 축하한다.

여는 장

명문의 조건

어느 가정이나 가풍이 존재하듯 모든 학교에는 교풍이 존재한다. 교풍이란 학교의 전통과 함께 그 조직과 구성원의 사고와 행동을 통하여 결정되는 무형의 기풍이다.

실체가 존재하지 않아 중요하게 생각하지 않기 때문에 간과하기 쉬운 이 교풍을 진작시키기 위해서는 학교 설립자의 뚜렷한 설립이념과 교육철학이 있어야 하고 학생들을 지도하는 학교장을 비롯한 모든 교사들이 자유롭고 민주적인 사고 속에서 진리 탐구를 위한 끊임없는 연구가 이루어야 하며 어떤 외풍에도 흔들림이 없어야 한다. 그래야만 참된 교육적 기능을 수행할 수 있고 그것이 교풍을 형성하는 바탕이 된다.

위대한 학교란 철근 콘크리트에 의해 지어진 웅장한 건축물이 아니라 그 구성원들의 꿈과 믿음으로 이루어지는 것이며 학교의 발전은 어떠한 필연적 법칙에의 추종이 아니라 창조적 선택의 구현이라 할 수 있다.

학교를 구성하는 주요한 요소인 교직원들의 행동과 가치 판단은 그 학교 미래의 운명을 좌우하는 중요한 가늠자가 되며 교풍을 뿌리 내리게 하는 계기가 된다. 우리가 학교 발전을 얘기할 때 수년 혹은 수십 년간 축적되어 온 교육적 가치관을 실현시키기 위해 어떤 노력을 했는지 살피는 것도 같은 맥락이다.

학교 구성원 각자의 자기 계발은 물론 학생들을 위해 어떤 교육활동을 펼쳤는지, 어떤 사랑을 주었는지 등이 그 학교의 역량을 확인할 수 있는 잣대가 되기 때문이다.

이런 면에서 학교의 교풍, 즉 학교의 문화는 하루아침에 만들어지는 것이 아니다. 교사들은 학생들을 소중히 여기는 참된 사랑이 바탕이 되어야 하고, 학생들은 진심으로 선생님을 존경하는 속에서 아름답고 훌륭한 교풍의 기본이 시작되는 것이다.

그렇다면 일반적인 학교와 명문학교의 차이는 무엇일까? 분명하게 선을 그어 설명할 수는 없지만 후자는 그곳을 최고의 명문이라 자부하게 만드는 어떤 분위기가 있을 것이다. 나는 그것을 구성원들의 자존감이라 생각한다. 한 집안의 가풍이 그 구성원들의 합심된 마음에서 풍겨 나오듯 한 학교의 교풍도 그 학교를 구성하고 있는 교원, 행정실 직원, 재학생, 졸업생, 학부모, 지역인사, 언론은 물론 학교 근처에서 자영업을 하고 있는 사람들에까지 긍지와 자부심이 있다면 명문으로 자리매김할 가능성이 높다.

학생들은 자신의 삶의 목표를 세우고 실현하기 위해 끊임없는 노력을 하고 교사들은 학생들의 성공을 위해 다양한 기회를 제공하며 용기를 북돋아 줘야 한다. 학부모 역시 학생의 노력과 학교 교원들의 교육활동을 존중하여 성취동기를 제공해주어야 한다.

지역에서도 학교 본래의 설립 목적이 성공적으로 이루어지도록 적극 협조하고 학생들의 배움에 활력을 불어넣기 위한 시설 제공과 프로그램 운영에 필요한 인적 물적 지원 등 각별한 관심이 있어야 한다.

학교 교육에 이런 풍토가 조성되면 그곳에서 공부하고 있는 학생들의 꿈이 이루어질 것이고 행복이 학생들 가까이 다가올 것이다. 그런 학교가 명문으로 가는 조건이 될 것이다.

나의 학교 경영철학

인간은 교육을 통해서만 인간다운 인간이 될 수 있다. 그렇다고 교육을 많이 받은 사람이 덜 받은 사람보다 더 훌륭한 사람이 되는가? 라는 질문에 선뜻 '그렇다'라고 대답하기 어려운 입장에 서 있는 사람이 교육자다. 이러한 점에서 교육자들은 교육에 많은 회의를 느끼기도 한다. 일류대학을 다니고 박사학위를 받으면 훌륭한 사람이 되는가? 이에 대한 확신에 찬 답변을 못하면서 교육자 스스로 모순에 빠져드는 경우가 많기 때문이다.

현대를 지식 정보화 사회라고 한다. 그런데 이 지식과 정보는 어디서 어떻게 만들어 내는가. 과거에는 논밭에서, 공장에서 만들어냈다고 하지만 지금은 교육을 통해서 만들어 내야 한다. 아프리카 속담에 '노인이 죽으면 백과사전이 사라졌다'는 말은 포털 지식사이트 등장과 더불어 흔적도 없이 사라졌다.

지금은 인문학의 시대다. 인문학은 교육을 통해서만 만들어진다. 교육은 정치, 경제, 사회, 문화, 철학, 예술 등 모든 것의 기본이고 기반이기 때문이다.

그런데 교육의 효과가 눈에 잘 보이지 않고 결과가 늦게 나타나기 때문에 우리나라의 일부 정책 입안자들은 눈에 잘 보이고 빨리 나타나는 경제, 산업, 건설 등에만 집착하며 교육정책을 소홀히 펴 나가는 것 같아 참으로 안타까운 생각이 든다.

교육이 이렇게 중요하고 미래의 가장 큰 자산임에도 불구하고 교육의 방향과 철학이 왜곡되게 적용되는 경우가 많다. 예를 들면 무조건 학생을 다그치고 맹목적으로 열심히 공부만 하라고 강요한다고 하여 학생들의 성적이 오르는 것은 아니다.

학교에서 교사를 다그친다고 더 잘 가르치는 것은 더욱 아니다. 학생들과 교사들이 배우고 가르치는 데 열성을 쏟을 수 있는 동기부여와 교육환경 조성이 매우 중요하다.

학교 간에도 서로 장점을 공유하며 각 학교의 특성을 살려 자율적인 경쟁을 할 수 있는 환경이 만들어져야 한다. 그러기 위해서는 학교장 간에 소통이 잘 이루어져야 한다. 그래야 각 학교 간 구성원들이 희망을 가질 수 있다. 학교장이 다른 학교와 경쟁의식에 빠지면 그 학교의 구성원은 교육본질에서 벗어날 수 있다.

학교는 이미 서열화가 고착되어 가고 있다.

우리나라 학생들 중 교육환경이 좋은 미국으로 조기 유학을 떠나는 경우가 있다. 미국 학교라고 다 좋은 것은 아닌데 선진국이라는 착각에 빠진 학부모들의 과욕에서 비롯되는 것이다.

미국도 우리나라보다 훨씬 가난하고 학교시설이나 환경이 열악한 곳이 많다. 이의 극복을 위해 미국에서는 1983년부터 교육과정의 실천적 운영 학교를 선정하여 「블루리본」학교로 선정, 대통령으로부터 직접 표창과 포상을 받는 제도가 있다. 133,000여 개의 초중고 가운데 5200여 개3.9%를 선정하여 표창하다가 2000년 초부터 300여 개 학교로 줄여 표창하고 있다. 우리나라는 2003년 「100대 교육과정 우수학교」 선정을 정책에 반영하기 시작했다.

「블루리본」이나 「100대 교육과정 우수학교」 선정에서 가장 중요한 요소는 무엇일까. 그것은 다름 아닌 지도자인 학교 교장의 역할이다. 학교를 어디로 이끌어 갈 것인가는 학교장의 의지가 중요하다. 모든 것은 그대로인 채 지도자인 교장만 바뀌어도 교장을 중심으로 단합하여 성공을 이루어 낸 학교가 많다.

다음으로 교직원의 단결이다. 이들은 협동하여 성공을 이룰 때 보람을 느낀다. 특히 어려운 여건에서 목표를 정하고 매진하여 그 목표를 달성했을 때 더욱 그렇다. 교직원은 보람과 재미 때문에 사는지도 모른다. 좋은 환경과 편한 생활에서 얻는 기쁨보다 어려운 여건을 극복하고 성취했을 때 얻는 희열이 더 크다.

이는 허즈버그의 동기·위생이론과도 통하는 이야기다. 동기요인은 성취감, 안정감, 책임감, 도전감, 성장, 발전, 즉 일의 성과를 높이는 데 있고 위생요인은 보수, 작업조건, 승진, 감독, 대인관계 관리 등 불만족 방지효과와 관련이 있다.

다음은 학부모의 지원이다. 학부모는 학생을 학교에 위탁한 보호자이다. 학부모가 학교장과 교직원을 믿고 따른다는 것은 학교가 교육적인 힘을 발휘할 수 있는 기반을 확고하게 만들어주는 것이다. 학교장은 학부모가 학교를 신뢰할 수 있는 소통의 장을 마련하여 끊임없이 소통을 시도해야 한다. 학부모 역시 자기 자신의 입장만을 주장할 것이 아니라 소통의 장에서 건설적인 의견을 주고받으며 학교 교육활동에 함께하는 동반자로서의 자세가 필요하다.

지역사회와 지역인사의 지원을 이끌어 내는 것도 필요하다. 학교가 지역인사들에게 닫힌 공간으로 인식되기 시작하면 학교는 지역사회나 지역인사들로부터 우호적인 지원을 얻지 못한다. 지역에 존재하며 지역사회와 지역인사들로부터 소외되면 학교의 존재가치가 무의미하다. 학교에서는 학교의 교육활동을 지역사회와 지역인사들에게 널리 알리고 호응을 이끌어내야 한다. 학교에서 알리지 않으면 지역사회에서 알려고 하지 않는다. 냉소적이기 쉬운 현실은 의외로 빨리 다가온다. 과감하게 그런 구조에서 탈피하는 지혜가 필요하다는 것이 평소에 느끼는 나의 학교 경영철학의 일부였다.

은사님과의 만남

사람이 평생을 살면서 자신에게 영향을 준 사람과의 만남과 그곳에서 이루어진 훌륭한 말씀은 헤아릴 수 없이 많다. 나이를 먹어가면서 느끼는 것은 누군가를 100% 신뢰하고 좋아한다는 것이 그가 전부 옳다고 믿는 것이 아니라 자신의 기준으로 긍정적 평가를 내리면서 마음속으로 신뢰의 깊이를 쌓아가는 노력이라는 사실이다. 내 가슴속에 굵은 획으로 남는, 그래서 한 순간도 지울 수 없었던 선생님 한 분을 되새겨 보고자 한다.

내 교직의 첫발은 충남 당진에 있는 H고교였다. 지금도 충남의 명문학교로 충남교육을 견인하는 곳인데, 1977년 첫 발령을 받아갔을 때 개교한 지 몇 년 안 되는 학교였음에도 잘 지어진 본관동과 독립된 도서관, 체육관, 과학관 등 각종 교육시설이 훌륭하게 갖추어져 있었다.

　꿈과 희망을 가지고 학교생활을 하던 초임교사인 나에게 한 통의 전화가 왔다. 당시는 전화사정이 좋지 않아 교감선생님 책상에 놓여 있는 전화를 사환이 받아 바꿔줄 때다. 뜻밖에 모교의 임중호 교장 선생님께서 주신 전화인데 퇴근 후 선생님의 자택으로 오라는 것이다. 평소 존경하는 선생님의 전화인지라 퇴근 후 바로 서산에 있는 선생님 자택으로 갔다.

　"우리 학교에서 김 선생이 필요하니 그곳에서 이번 학기만 마치고 본교로 와주셔야겠네."

　일방적인 명령이었다. 나는 당시 서울에 있는 모 대학원에 적을 둔 상태에서 당시 지도교수의 부탁으로 기간제로 H고교에서 근무하는 것이기 때문에 갈 수 없는 사정을 말씀드렸다. H고등학교의 교장 선생님과 지도교수는 막역한 친구사이로, 교사가 급히 필요하여 자격증이 있는 나를 추천하여 근무토록하고 대학원 수강의 편의를 제공해주었다. 임 교장선생님께서는 내 사정을 아시고도 당신의 의지를 결코 포기하지 않으셨다. 한 달에 한 번씩 나를 찾아오셨고 고등학교 재학 당시 담임선생님은 물론, 총동창회장까지 보내어 모교로 와줄 것을 권하였다.

　1년여의 시달림(?) 끝에 군軍입대하기 전까지 근무하겠다는 밀약(?)을 한 후 정든 H고교에서 자리를 옮겨 나의 모교인 서령고등학교에 둥지를 틀었다. H고 교장선생님이나 지도교수의 나에 대한 서운한 감정은 매우 컸다.

모교로 자리를 옮겨 1년 3개월여 근무한 후 군 입영통지를 받아 입대했다. 입대하기 전까지 고3담임과 기숙사 사감이란 직책을 맡았다. 성실하게 근무했다고 생각지는 않는다. 변명이지만 타의에 의해 자리를 옮겼고 교장선생님과의 약속이행 기간쯤으로 생각했기 때문이다.

제대를 6개월여 남겨놓은 시점에 위병소에서 면회객이 왔다는 연락이 왔다. PX에 가 보니 임중호 교장 선생님께서 와 계셨다. 교장 선생님께서는 제대와 더불어 학교에 복직을 하라는 말씀이었다.

참으로 난처한 입장이었다. 즉답을 못 드렸다. 3개월이 지난 후 다시 면회를 오셨는데 이번에는 완성된 본관 건물 사진이며 새롭게 조성된 교정 곳곳의 모습을 스크랩해 보여주시며 학교를 새롭게 만들고자 하시는 의욕을 보여주셨다.

1983년 서령고등학교로 복직하여 임 교장선생님이 은퇴하시는 기간까지 7년여를 모시고 근무했다. 당시 노老 교장선생님과 30대 초반의 교사 사이에 많은 견해차이가 있었지만, 교장선생님의 깊은 인내심으로 여러 차례 교직에서의 위기를 넘기며 내 인생의 새로운 이정표를 세웠다.

교사들의 열정

1980년 초에 취해진 정부의 교육개혁조치는 서령고등학교에 분명 새로운 기회로 다가왔다. 당시 공립 실업계 학교의 위세에 눌려 성적 우수 학생 유치는 물론 학생 수에서 열세를 면치 못하던 상황에서 실업계 학교의 동계 진학 기회, 즉 농고에서 농대 진학의 혜택이 사라진 것은 서령고등학교에 기회로 다가왔다. 시내권에 자리 잡은 서령고는 1974년 학교 법인이 교체되어 웅지의 날개를 펼 때라 고교진학을 놓고 방황하는 서산의 우수 학생을 유치하여 학교 발전을 이룰 수 있는 호기였다.

다행히 많은 우수 학생들이 진로를 서령고등학교로 정해 그들이 졸업하는 84년 초 서령고등학교의 대학 진학 실적은 개교 이래 가장 알찬 성과였다.

과거 농고에서 농대로, 즉 동계 진학의 특전을 갖고 진학하던 만큼의 수는 아니었지만 서울대, 경찰대에 합격생을 여러 명 내는 등 획기적인 성과가 나온 것이다.

그러나 빛나는 성과는 몇 년 가지 않았다. 천안, 공주, 홍성 등지에서 서산의 성적 우수 학생을 유치하려는 노력이 치열해졌고, 법인의 열악한 재정 능력에 한계가 있어 지역의 성적우수학생이 외지로 나가는 것을 막을 방법이 없어 결국 구성원인 교직원들의 분발이 요구되던 때였다.

마음이 급해진 학교장은 계속 회의를 소집해 분위기를 쇄신하고자 했으나 뚜렷하고 획기적인 개선점은 보이지 않았다.

1980년대 중반 개교 30주년 행사가 끝난 후 지역에 연고를 둔 8인의 평교사들이 누구의 지시에 의해서가 아닌 자발적으로 모여 학교의 문제점을 분야별로 정리하고 틈날 때마다 토론하여 개선점을 찾기 시작했다.

수업에 충실하기 위한 노력도 스스로 진행했다.

이렇게 하기를 1년여, 평교사들의 눈에 비친 서령고등학교의 문제점은 참으로 많았다. 법인, 교장, 교직원, 학부모, 지역인사, 동창회, 언론 등 학교를 가꾸는 사람들이 처해 있는 현 주소를 본 것이다.

정리된 80여 가지를 개선해달라는 건의를 교장선생님께 올렸다. 교장선생님의 고뇌는 깊어 보였다. 특히 사립학교의 특성상 지역사회와의 유착구조를 바로잡는다는 것도 그렇고 교직원과 지역 사회 인사의 밀착된 관계를 하루아침에 무 자르듯 결단내기도 어려움이 있음을 감지할 수 있었다.

학교장이 건의사항을 다 해결할 수 있다 해도 교직원 임면권자인 법인 이사장의 권한을 침범할 수는 없는 일이었다.

교사들의 침묵은 교장선생님을 설득시켰다. 수십 가지의 개선사항을 교장선생님과 함께 고쳐나가기 시작했다.

교직원 상조회 구성, 상조회보 간행, 교직원 해외연수, 장학금 확보 등.

서령고등학교의 개혁은 소리 없이 진행되었다. 퇴임을 앞둔 교장선생님의 영웅적인 행동이 평교사들에게 신바람을 불러 일으켰다.

누구도 희생되지 않고 모두가 승리자가 되는 개혁, 학교의 변화는 그렇게 시작되었다.

그러나 법인 이사장의 교유권한인 「교직원 채용」건 등은 여전히 해결할 수 없는 딜레마였다.

어려운 결단

　1980년대 중후반, 서령고등학교는 충남 서북부의 주목받는 학교로 성장하여 제2의 도약을 위한 분주한 준비가 내부적으로 이루어지기 시작했다. 대외적으로 조심스럽게 학교의 이미지를 쇄신하면서 내적으로 더욱 알찬 실력을 다져 나가는 꾸준한 노력이 계속되었다.

　임중호 교장선생님께서 교원들의 건의사항을 들어주어 직원 상조회 등이 활발히 움직이며 내부적 단합과 낡은 제도를 정비하여, 모든 정보를 구성원들이 공유하고 서로 무엇을 해야 할지를 알아가고 있었다. 과거 지시사항만 따르던 구조에서 열린 행정을 구현해가는 것이었다.

　그러나 학교장으로서도 할 수 없는 단 한 가지가 있었다. 그것은 「교원 인사 채용」이었다. 8인의 핵심 건의 사항은 교원의 완전한 공개 채용이었다. 교장선생님이 이사장께 건의하여 이 사안이 꼭 이루어져야 함을 말씀드렸으나 교장선생님은 늘 난색을 표하였다.

나는 교장선생님께 이사장님과의 독대를 할 수 있도록 주선해 달라고 부탁드렸다.

「아녀, 김 선생이 다쳐!」

나는 그 말뜻을 잘 몰랐었다.

심현직 선생이 학교법인 이사장이 되기 전인 1973년경, 서울시내 몇 개 대학의 친구들이 모여 써클 활동을 하고 있었다. 「벽허」라는 다소 생소한 이름으로, 현재의 개념으로 보면 사회를 알아가는 '스터디 그룹'이 될 것 같다. 벽허에서는 방학 중 낙도에 가서 교육 봉사도 했고 주중이나 주말에는 성공한 인사를 찾아 그분들의 삶의 이야기를 들으며 미래의 꿈을 키우는 프로그램이었다.

당시 충남 해미를 고향으로 둔 성공한 기업인 심현직 사장을 찾아 말씀을 들을 기회를 가졌다. 남대문 근처에 있는 회사 사무실을 찾아 열 명이 넘는 대학생들이 그분의 집무실에서 말씀을 들었는데 유독 나에게 많은 질문을 하셨다. 그분의 관심은 서령중고등학교의 실정, 즉 교사들의 능력, 학생들의 실력, 지역주민학부모들의 학교에 대한 관심 등이었다. 늦은 시간까지 대화를 한 후 회사에서 저녁을 준비했는데 샌드위치와 음료가 메뉴의 전부였다. 매우 검소한 사장님이라는 생각을 한 것이 심현직 사장님에 대한 나의 기억이었다.

79년 학교에 부임하여 그때 그분이 서령고등학교 법인 이사장이라는 것과 지역구 국회의원으로 당선되어 영일 없이 바쁘셔서 학교에 거의 오지 못함을 알았다. 불행히도 1979년 10월 26일 박정희 대통령이 시해되어 한국 사회는 혼란에 빠지고 모든 헌정이 중단되었고 급기야 국회가 해산되는 비상시국에 접어들었다. 그때 심현직 이사장은 국회의원직을 상실했다. 나는 이후 군에 입대하였다.

1983년 학교에 복직한 후에도 그분을 뵐 기회가 없었다. 개인적인 어려움이 있다는 소문만 들었다. 교장선생님께서 고군분투하며 학교를 경영했다는 기억뿐이었다. 그러나 학교에 필요한 교원은 서울에 있는 법인에서 채용하여 학교로 발령을 냈던 것 같다. 문제는 채용된 일부 교원 중에서 학생들에게 자신의 채용과정을 자랑스럽게 얘기하며 능력 있는 사람임을 자랑하는 등 실언을 하며 스스로의 권위를 실추시키는 일이었다.

심현직 이사장님과의 면담이 이루어졌다. 수업 중에 서무과장이 불러 교장실에 가니 이사장님께서 앉아 계셨고 교장선생님도 함께 계셨다.

"자네가 나를 보자고 했나?"

"예, 교사 김기찬입니다. 그렇게 말씀드렸습니다."

십수 년 전 심현직 사장님 사무실에서 뵈었던 분위기와는 사뭇 달랐다. 매우 위엄이 넘치고 권위가 있어 팽팽한 분위기가 나를 압도하고 있었다.

"용건이 뭔가?"

이사장님은 망설일 틈도 주지 않은 채 박하향이 나는 긴 필터가 달린 담배를 피우며 물으셨다.

"이사장님! 우리 학교 교사 채용을 공채로 해주셨으면 합니다."

순간 이사장님의 얼굴은 굳어졌고 자신의 고유권한인 교원채용에 대해 젊은 교사가 건방지게 나선다는 말씀도 했다. 그러나 나의 신념이었기에 어떤 두려움이나 망설임이 없었다. 이사장님은 교장 선생님께 이번 사안이 매우 중대하니 사실관계를 조사하여 잘못된 내용이 밝혀지면 '김기찬 선생을 파면'시키라고 지시하며 당일로 서울로 올라갔다.

참으로 불편한 시간이 흘렀다. 보름여가 지난 어느 날, 서무과장이 불렀다. 이사장님께서 서무과 직원과 함께 「가양동 법인 사무실」로 올라오라는 것이다.

토요일 오후, 서울 사무실에 올라갔다. 사무실은 검소하게 꾸며져 있었다. 이사장님의 표정은 전처럼 굳어있지는 않았다.

"김 선생의 지난번 얘기를 듣고 와서 조사해 보니 내가 직접 지시는 안 했는데 법인 사무실에서 채용 결정된 사람으로부터 책걸상, 피아노 등 학교에 필요한 기자재를 기증받았다는 답을 얻었소. 어떻게 처리했으면 좋겠소."

이사장님은 매우 솔직했고, 청년교사의 건의에 대하여 성심성의
껏 답변을 하셨다. 공채를 했을 때 성적을 올릴 수 있는지 등 여러
가지를 물으셨다. 나는 '구성원들이 노력하면 충분히 가능할 것이
다.'라고 말씀드렸다. 한참을 망설이신 심현직 이사장님께서 그날,
"앞으로 서령학원 교직원은 공개채용을 하겠다."라고 선언을 했다.
참으로 어려운 결단이었다. 서령고등학교가 명문반열에 오르기 위
한 이사장님의 획기적 조치였다. 나는 서령고등학교의 오늘이 있기
까지 1980년대 후반, 심현직 이사장님의 결단이 있었음을 잊을 수가
없다.

교직원 상조회

상조相助란 서로 돕는다는 뜻이 있다. 친목의 뜻이 강한 직장, 부락 등 구성원들의 자발적 모임을 말한다.

서령고등학교 교직원 상조회는 특별한 의미를 담고 있었다.

1980년대 교육개혁 조치에 따른 서령고등학교의 중흥은 시스템이 뒷받침되지 않은 채 과거의 명령중심으로는 안 된다는 분위기로 8인회가 탄생했고 8인회에서는 주말, 휴일을 불구하고 학교발전을 위한 토론은 물론 충남, 경남, 전북, 부산, 서울 등 명문학교를 자비를 들여 방문하고 학교 운영 실태 등을 벤치마킹하여 우리 학교에서 받아들일 것이 무엇인지를 정리했다.

개교 30주년 기념행사 후 학교의 문화가 새롭게 싹트기 시작했고 첫 결실로 교직원 상조회가 새롭게 구성되었다. 상조회는 단순히 경조사 발생 시 도움을 주는 차원을 넘어 교직원 개인의 의식 개혁과 자기 계발, 그리고 교원들의 주체의식을 변화시키고자 하는 교원의 자발적 모임체였다.

당시 임중호 교장선생님은 교실개혁을 통한 교수 학습의 질적 수준 향상을 위해 다양한 노력을 기울이고 있었다. 교실개혁, 교단개혁 등 지금까지 끊임없이 진행되는 교수 학습 과정의 원론적 모임에 좀 더 충실하고자 하는 내용이었다. 학교장은 직원 연수를 통해 교실개혁의 필요성과 실현방안을 부단히 강조하였고 수시로 수업현장을 참관하여 이의 실행여부를 확인하였다.

특히 더욱 효율적인 교수 학습 활동을 위해 '수업지도안'의 충실한 작성과 학습목표 제시를 철저하게 이행할 것을 강조하고 교과별로 이루어지는 연구수업 외에 중견교사들의 모범 수업을 정례화하는 등 그 실현의지가 확고했다. 학교장의 이런 노력에 전 교직원의 동참이 요구되었다. 교직원 상조회는 이런 부분까지 자발적 참여를 통해 학교 문화를 이끌어가고 있었다.

경조 기준도 새롭게 하고 회원 스스로의 사기진작과 소속감 고취를 위한 다양한 노력도 있었다. 법인이나 학교당국이 하기 어려운 일을 교직원 스스로가 추진하였다.

체계적 상조회 운영을 위해 상조회보를 간행하여 학교동정, 회원

동정, 행사계획, 공지사항, 건의사항, 미담사례, 교직원 생일축하, 시와 만화, 문예작품 등 B4 용지 4면 정도의 분량으로 알찬 내용을 담아 회원 모두가 공유하는 소통의 장이 열리게 되었다. 당시 참여 교사들의 노력은 열정적이었다.

1989년 4월 4일자 교직원 상조회보 창간호에 실린 회원에게 드리는 글에서는 당시 교직원들의 결의를 엿볼 수 있다.

「우리는 지난 날 우리끼리의 의견도 조정하지 못한 채 귀는 있으되 듣지를 못하고 입이 있으되 말하지 못하는 이른바 노예 근성이 체질화되었는지 모른다. 자율을 강조하며 자율할 수 없었던 상황을 누구의 탓으로 돌릴 것인가?

우리는 이제 스스로의 체질 개선과 조직의 활성화를 통해 새롭게 태어나야 한다. 교직원 일동이 일치해서 학교 교육을 이끄는 것이다. 교육 관계자들끼리 협동하지 못하면 우리는 거듭 태어날 수 없다. 효과적인 교육의 기초인 안정되고 자유로운 분위기가 조성된 학교에서는 교직원끼리 밀접한 협력체계가 있는 법이다. 이런 분위기를 열망하는 교사가 있어야만 학교 전체의 분위기가 개선될 수 있다.

누가 제창자이든 간에 가장 필요한 것은 교직원 일동이 처음에 계획 세우는 데 참여하고 우호적인 분위기를 만드는 데 최대의 노력을 기울여야 한다. 상조회는 이런 분위기를 만드는 데 일조를 할 것이다.」

(1)

상조회보

제 1 호
1989. 4. 4

발행 : 서령고등학교
상조회

회원에게 드리는 글

교사의 주된 일은 학생을 교육하는 것이지만 어떤 목표에 도달하기 위해서는 상호간의 협조성은 공동생활에 있어서 불가결한 요소다.

우리는 많은 학생, 학부모, 지역주민들을 상대로 그들의 목소리에 귀를 기울여야 한다. 그들은 나름대로 독자적인 희망과 비전이 있기 때문이다. 그 다양한 목소리를 겸허하게 받아들인다는 것은 중요한 일이다.

우리는 지난날 우리끼리의 의견도 조정하지 못한채 귀는 있으되 듣지를 못하고 입이 있으되 말하지 못하는 이른바(노예근성)이 체질화되었는지 모른다. 자율을 강조하며 자율할 수 없었던 상황을 누구의 탓으로 돌릴 것인가?

우리는 이제 스스로의 체질개선과 조직의 활성화를 통해 새롭게 태어나야 한다. 교직원 활동이 일차에서 교육 교육을 이루는 것이다. 교육관계자들끼리 협동하지 못하면 우리는 교등 태어날 수 없다.

효과적인 교육의 기초인 안정되고 자유로운 분위기가 조성된 학교에서는 교직원끼리 밀접한 협력체계가 있는 법이다.

이런 분위기를 열망하는 교사가 있어야만 학교 전체의 분위기가 개선될 수 있다.

누가 제창자이건 간에 가장 필요한 것은 교직원 활동이 처음에 계획 세우는데 참여하고 우호적인 분위기를 만드는데 최대의 노력을 기울여야 한다. 상조회는 이런 분위기를 만드는데 일조를 할 것이다.

서령고등학교 상조회 임원 일동

(2)

창 학 이 념	학교장 경영의지
슬기와 용기와 의로움을 지닌 참되고 총명한 인재를 정성껏 길러 향기로운 내고장을 빛내고 젊고 찬란한 내일의 조국을 가꾸게 함이니라.	o 조직의 분권화 o 직무의 자율화 o 운영의 합리화 목 표 o 신뢰받는 학교상 o 존경받는 스승상 o 능력있는 학생상

학 교 동 정

* 기숙사 보수공사
2천3백여만원의 예산을 들여 54명을 수용할 수 있는 기숙사가 3월 중순에 공사에 들어가 5월말 완공예정으로 있음.

* 상조도시락 보완
겨울 동파로 인한 보수, 175만원의 예산으로 4월초 완공

* 3층 창틀공사 및 커텐교체 설치
4월9일까지 완공 예정

* 음악실겸 밴드부 연습실 공사
190만원의 예산으로 5월말 완공예정

회 원 동 정

* 3월중 친목대회 서령에게 패배
지난 3월 2일 처음 실시한 친목대회는 화현팀 바람대로 2학년이 우승?
야간부는 선열과 화현팀이 시합하여 화현팀(C) 계획됨

연중 행사 계획

* 3월체육대회 (배구·학년별) : 신입고사
* 4월체육대회 (축구·과별) : 과원단합
* 5월체육대회 (중·고 친목대회)
* 6월체육대회 (분과별) : 분과단합
* 7월체육대회 (학년별)
* 8월 선진지 시찰 (1일)
* 9월체육대회 (학년별)
* 10월체육대회 (과 별)
* 11월체육대회 (과·별)
* 12월 실내행사 (바둑·장기·윷놀이 등)
* 1월 등산겸 세미나
* 2월 정기총회 및 회식

* 3월26일 박재봉선생님, 부친의 어사
* 4월2일 김영태선생님, 결혼회갑연으로 어사

(3)

별기획. '상조회에 바란다.

월 실시한 상조회보 발간과 관련 실시한 설문조사에서 회원들의 의견을 정리해 보면 다음과 같다.

목대회에관하여 교직원친목대회는 매월 실시 하되 '체육행사위주로 했으면' 하는 의견이 전체 응답자의 80%로 절대 다수였으며, study group을 만들어 교원 연수기회로 삼자는 의견도 여럿있었다. 그밖에 취미그룹활성화 방학중 선진지 시찰, 월례회동 시 스포츠 분야 개발 또 생일축하선물전달하는 것있었다. 특히 월례적 친목행사를 꼭 실시하자는 의견이 다수였다.

교사항건의 예로사항중 가장 많은 부분은 프린트와 관련된 것이었다. 프린트가 신속히 되지 않는다, 결재과정이 복잡하다, 용지의 질이 낮다, 양면복사를 지향하자 등 수업을 느끼는 사항이 있었다. 교문의 장이 부족하다, 교우실의 책장을 두고 도서관의 책을 활용할 수 있도록 하자, 가정방문을 실시하도록 제도적 장치가 필요하다는 의견도 있었다.

상조회보 발행 월1회 발행하되 교사의 예로사항을 수렴해달라하는 의견과 교직원들의 가족소개·며느리소개·학교소식·효율적인 교수방법·취미·오락·여행안내(맛집등)와 역사이야기 등을 담았으면 좋겠다는 의견이 있었다.

밖에 다양한 의견이 게시 되었는데 지면이 허락하는 한 교직원들의 의견을 수렴하는데 이바지 할것이다.

미담 사례 ☺

교무실에 설치된 전화카드 교무실에
경리 양이 방법을 귀엽 사용코자
또 아름다운 일
우리 모두 절약에 감사를…

생신을 축하합니다

4월 6일 :	신현식 이사님
4월 14일 :	김○우 선생님
4월 19일 :	박지홍 선생님

(4)

< 나의 제언 >

이대로 좋은가 ?

인식과 행동의 지혜

민주주의의 본질은 자율에 있다.
남이 만든 규범이 나를 통제함이 아니요, 내가 나를 다스림이 민주주의다. 그러므로 내 인생이 존엄한 것처럼 남의 인생도 존엄하며 나의 인격과 남의 인격을 동일시할 때 민주주의가 성립한다.

그러나 내가 한 일을 되돌아 보면 이러한 자명한 논리를 망각하고 나는 언론 이요 소승이라는 권위의식 참여의식이 본위적이 나를 통제하고 있음을 본다. 같은 말이라 하더라도 '아 너 답게 참 사랑 사와' 하는 말은 상대의 인격을 무시하는 명령이요, '애 답게 참 사랑 세게'는 상대를 하나의 인격체로 대하는 뜻이요, '회장님의 인사말씀이 있겠습니다'는 권위적인 어법에 익을 자이란 뜻이다. 그러므로 '인사말씀을 하시겠습니다'나 '인사말씀이 있겠습니다'로 고쳐야 한다. 왜냐하면 인사말은 계급 수가 없기 때문이다. 이는 내가 저지르는 면에 예를 들어서다.

나는 상조회가 그들이 자라서 시민이 되면 의장이나 되건 참된 민주주의 구현자가 되기를 바라는 논리적인 인식과는 달리 나의 행동은 아직도 권위적 인습의 말을 벗지 못하며 벗어 가려고 아이들과 가끔 세대에이션이란 말을 꺼내고 있으며 서로에게 실은 본질에 우선하여야 할 이대로 좋은가? 과연 좋은가?

— 영

- 신임 교사 프로필 -	선생님 이야기를 기다립니다
신현식 선생님 (역, 59. 8.8) : 영화를 즐김 : 철학과 영화감상? 이○곤선생님 (생물, 61. 9.8) : 태권 검도, 등산 : 여행 취미 성격활 김○화 선생님 (국어, 61. 3.8) : 정직을 들며 : 건강한 신체활동 김 ○선생님 (영, 61. 8.8) : 경건상, 기수행사 : 서예, 취미로 거의돈다 활동 김재환선생님 (역사, 60. 8.23) : 단정함 활동 : 외유내강 여행활동 조도환 선생님 (지리, 60. 8.8) : 단정함 성격 : 취미 등산, 여행취미	선생님 출발하는 사회생활을 격려해주소서 아낌없는 성원 바랍니다 다음달 나는 아래와 같은 내용을 지면 함께하여 회원 여러분을 만날 것입니다. · 교무실에 올라온 예화소개 · 교육혁명에서 개선되어야 할 점 · 우리 (4·5월 생일…) · 나의 취미 · 편지 (학부모로부터 온 편지) · 서서 등

〈상조회보〉

당시 상조회가 가장 역점을 두고 시행했던 사업은 동계, 하계 방학기간을 이용한 교직원 연수회였다. 89년 여름방학기간에는 수안보에서 1차 연수회를 열고 교직원 43명이 참가하여 학교 안팎의 현안에 시종 열띤 토론을 벌였으며 90년 여름방학기간에는 제주도에서 2차 연수회를 같은 방식으로 개최하였다.

연수회가 끝난 후 상조회 집행부에서는 각 위원들에게 연수회 결산서를 비롯한 교육활동에 새로운 의지를 담은 글을 가정으로 직접 우송하여 학교 경영이 왜 공유되어야 하는지에 대해 우회적인 메시지를 보냈다. 해를 거듭할수록 상조회 운영은 서령고등학교의 교풍을 쇄신하는 데 결정적 기여를 하게 되었다.

이토록 1989년 초에 이루어진 서령고등학교 상조회 출범은 학교 발전에 획기적인 계기가 되었다. 교무회의 석상에서 생일을 맞이한 교직원들에게 학교장이 직접 선물을 전달하며 축하하는 등 참신하고 화기애애한 분위기를 연출하였으며 89년도 말부터는 법인의 뒷받침을 받아 우수교사로 선정된 인사에 대하여 해외 연수가 연례적으로 진행되었다. 국비로 진행되는 해외 연수도 그동안 공립학교에서만 시행되었는데 사학까지 넓히도록 계속 요구하여 89년 안경호 선생님이 홍콩, 중국, 일본을, 90년에는 한춘우 선생님이 프랑스 대사관의 도움을 받아 프랑스에서 교육연수를 하게 되었고, 법인에서는 89년 김기찬, 최순희 교사가 일본을, 90년에는 강태웅, 박기철 교사가 대만, 태국, 싱가폴 등을 견학하는 기회를 얻어 새로운 전통이 세워졌다.

1989년 당시 전국 교직원 노동조합 결성이라는 거센 조류 속에서
도 서령고등학교는 상조회를 통한 교직원의 단합으로 흔들림 없이
화합과 단결을 유지하여 외풍을 막아낼 수 있었다. 평교사들의 적극
적인 참여가 빛을 더했다.

교직원 상조회는 교무실 내의 민주적이며 자율적인 분위기를 유
지하며 교육력 제고에 크게 기여하는 동시에 교직원 스스로의 의식
개혁에 결정적 역할을 하였다.

제1장

변화의 시작

학교장 취임

　새 천년의 시작인 2000년 2월 12일 나는 제8대 서령고등학교 교장이란 중책을 맡고 취임하게 되었다. 40대 나이에 교장이 되는 일은 사학에서 매우 드문 일이었다. 당시 시대 상황으로는 교육공무원 정년 단축이란 커다란 사건이 있었다. 1999년 1월 29일 국회는 초·중등교원의 정년 단축을 통하여 젊고 활기찬 교육 분위기를 조성하고, 아울러 교육예산 중 높은 비중을 차지하고 있는 인건비 절감을 통하여 교육 환경 개선에 필요한 투자 재원을 마련한다는 취지 아래, 교육 공무원법을 개정하여 대학교원을 제외한 교육 공무원의 정년을 종래 65세에서 62세로 3세를 낮춘 사건이다. 그러나 개정법 부칙은 기존 교원들에 대하여 명예퇴직 수당의 지급 대상 및 지급액에 관하여 종전의 정년을 적용토록 함으로써 단축된 정년으로 인한 불이익을 어느 정도 보완할 수 있도록 배려하고 있었다.

〈학교장 취임식장 전경〉

〈취임식사 하는 필자〉　　　〈교직원으로부터 꽃다발을 받는 필자 내외〉

　　서령고등학교는 안경호 교장선생님이 재임 중이었고 경과조치에
따라 65세 정년보장이 가능했지만 "통과된 법을 준수하겠다."며 그

해 8월 30일 62세로 퇴임을 했다. 법인에서는 그해 송파수련관 준공 등 큰 행사를 앞두고 있는 상태에서 경륜이 높고 리더십이 뛰어난 임중호 전 교장선생님을 기간제 교장으로 채용하여 6개월 근무토록 했다.

무사히 학교 행사를 끝낸 임 교장선생님께서 2000년 2월 12일자로 학교를 떠나셨다. 이미 법인이사회에서 후임 학교장에 선임된 나는 곧바로 학교장 취임식을 치렀다.

나는 취임사에서 법인, 학부모, 지역사회, 동창생, 언론이 학교 발전에 함께 노력해야 함을 간절히 부탁하고 언제든지 찾아가 의견을 구하고 최선을 다하여 실천할 것을 선언했다. 취임식장에는 법인 이사장을 비롯한 전 현직 교직원, 동창생, 학부모 및 지역인사들과 재학생들이 참석했다.

유일한 한 사람

나는 서령고등학교 학생들이 성적이란 괴물 앞에 굴복하지 않고 당당한 모습으로 생활에 임해 유일한 한 사람이 되기를 진심으로 바란다.

그래서 학교게시판에 「일등생보다는 유일한 한 사람으로 성장하기 위하여!For the sake of growing as the only one person rather than the best one!」라고 써서 게시했다. 오늘날 우리 사회가 온통 일등만을 꿈꾸는 사람들로 가득 차 현실적으로 일등을 못 하는 절대다수의 사람들은 사회로부터 암암리에 받는 압력 때문인지 공격적 욕망 등을 과장되게 부풀려 표현하고 기괴하게 변형시키는 것에 빠져들게 된다.

이런 면에서 학교현장에서 일등생으로 키우기보다는 미래에 이 사회에서 꼭 필요한 사람으로 키우겠다는 신념은 확고했다.

차별화된 교육, 서령만의 자랑입니다

Seoryeong High School Is Proud of Its Differentiated Education.

미래를 향한 서령인의 꿈은 어느 한 순간도 멈출 수 없습니다.
열정으로 가득찬 선생님들의 수업과 학생들의 끊임없는 노력은 서령의 희망, 바로 그 자체입니다.

유일한 한 사람으로 키워야 할 이유를 다음에서 찾는다.

첫째는 엽기적 문화의 등장이다.

시대와 지역에 따라 사회에서 금기시하는 내용은 조금씩 다르다. 그러나 시간과 공간을 초월하여 인류사회는 공통적으로 선정성과 폭력성을 금기시하였으며 이를 위한 제도들을 발전시켜왔다.

학교현장에서는 학생들에게 폭력 등이 사회화되지 않게 하기 위하여 규제 학습을 반복시키고 있다. 해괴하고 기이한 사태나 반응이 아닌, 보다 고양된 정서와 문화를 자라나는 학생들에게 전수하기 위해 다양한 모델을 개발해 왔다. 따라서 그것들은 가정교육, 제도교육, 사회교육 등 일상적 삶의 질을 높일 수 있는 내용으로 채워졌고 이것이 문명과 문화의 모습으로 면면히 내려오고 있다. 그러나 언제부터인지 우리 사회에 조직폭력배들의 좌충우돌 삶을 담은 영화나 코미디가 많이 등장한다. 평범한 시민들의 일상적 삶에서 벗어나 세인들의 관심을 크게 끄는 것은 대리만족 수준이었다고 볼 수 있다. 문제는 영상세대인 청소년들에게 각광을 받고 실제 모방 행동으로 이어지기까지 한다는 점이다. 기성세대가 무수히 강조하는 조화, 상식, 정상, 평균의 가치를 찾기가 점점 어려워진다.

오히려 반대되는 현상이 학교 곳곳에서 나타나는 것을 보며 교육현장이 긴장할 수밖에 없게 된다.

둘째는 학벌주의에서 벗어나야 한다.

어느 관공서에서 10급 기능직 1명을 뽑는다는 공고가 나가자 지원자가 무려 200명이나 되었다고 한다. 단순기능을 요구하는 곳에 고학력자인 대졸자가 구름같이 모여드는 곳이 우리나라의 현실이다. 이것은 오늘날 우리사회에 만연한 대학 졸업장 만능주의, 학벌지상주의의 달갑지 않은 현상이다. 그럼에도 전국의 고등학생들은 인생 설계도 없이 무조건 대학에 들어가려고 안간힘을 쓴다. 이처럼 모두가 대학에 들어가려고 하는 배경에는 무엇보다도 고질적인 학벌주의가 도사리고 있다. 개인의 인격이나 소질과는 상관없이 대학 졸업 여부나 어느 대학 출신인가가 최고의 잣대로 군림하고 있기 때문이다.

이런 심각한 문제를 해결하기 위해 교육부에서 갖가지 묘안을 생각하지만 그럴수록 공교육이 부실해지고 학벌주의가 더욱 심화되는 실정이다.

현재 대학을 준비하는 재수생도 10만 명을 넘는다는 통계가 있다. 약 10만 명을 헤아리는 각종 고시 준비생까지 합치면 대학과 그 주변을 맴도는 인구가 줄잡아 400만 명에 육박, 세계 최고를 자랑하며 머리 좋다는 학생들은 주로 법대나 의대로만 몰리는 현실이다. 이대로 간다면 특정고교와 대학 출신이라는 간판에 매몰된 젊은이들의 창의력은 어느새 사장되어 21세기 지식기반 사회에서 낙오될 것은 뻔한 일이다. 일종의 병리적인 현상에 가까운 한국의 학벌주의는 우리가 안고 있는 문제점의 하나다.

셋째는 부패주의가 도사리고 있다.

금년 초 우리나라 반 부패국민연대의 조사 결과 우리나라 청소년들의 90%가 한국을 부패한 나라로 보고 있으며, 그중 상당수가 언제든 그 부패의 대열에 합류할 용의를 갖고 있다는 충격적인 내용이 있었다. 응답 중 고교생의 64%는 "법을 어겨도 제대로 처벌받지 않기 때문"이라며 그 이유를 분석하기까지 했다고 한다. 심각한 것은 중·고교생들의 41%가 '아무도 보고 있지 않으면 나도 법질서를 지킬 필요가 없다'고 응답했고, 33%의 학생들은 "부정부패를 목격해도 나에게 손해가 된다면 모른 체할 것"이라고 답했다. 더욱 놀라운 것은 "뇌물을 써서 문제를 해결할 수 있다면 기꺼이 뇌물을 쓰겠다"는 반응이 약 30%라는 것이다. 결국 이 나라를 이끌어 갈 세대의 10명 중 4명 정도가 적극적 혹은 잠재적으로 부패 고리에 편입될 가능성을 안고 있다는 사실이다.

　지금 우리 사회를 지배하고 있는 것은 '돈이 최고'라는 극단적인 배금주의 사상이다. 하루아침에 수십 명의 억만장자가 탄생하고 수많은 사람이 직장에서 내몰리는 외환위기를 거치면서 이 배금주의는 극대화되었다. 그 과정에서 나라의 중추기능을 맡은 기관과 조직의 사람들이 줄줄이 부패 먹이 사슬로 함께 엮여 심판을 받게 되었다. 오랜 세월 우리를 지탱해온 도덕, 신의, 예절, 우정, 존경, 효도, 충성 같은 정신적 버팀목은 힘없이 허물어지고 있다. 혁명적인 변화가 일어나지 않으면 우리 사회는 부패와 타락을 막을 수 없다. 국가는 목표를 뚜렷이 하고 정의로운 수단으로 그 목표를 실현해야 하며, 가정과 학교는 자라나는 세대에게 올바른 가치관과 윤리를 어려서부터 가르치지 않으면 안 된다.

나는 서령고등학교 학생들은 이런 환경에 노출되지 않은 청정한 아이들이라고 단정하지만 우리나라 교육의 보편적 토양이 그러하니 결국 특별한 대책이 없으면 그렇게 될 개연성이 많다고 본다.

이로부터 자유롭기 위해서는 학생 각자가 특기적성 함양에 적극적으로 참여할 수 있도록 지원과 제도를 마련해야 한다는 생각을 갖고 몇 가지 착안 사항을 토대로 준비에 들어갔다.

첫째, 1989년 일본의 몇몇 고등학교 현장을 둘러보며 놀라운 점을 발견할 수 있었다. 그곳도 우리나라처럼 입시 열풍이 대단한 곳이지만 진학을 하지 않는 학생을 위한 특기적성교육이 매우 활발했다. 일반 고등학교에 훌륭한 시설을 갖춘 조리반, 우수한 말馬을 20여 필이나 갖춘 승마반, 말발굽을 만드는 반, 골프반 등등.
지금 우리나라에서 시행하는 특기적성 교육과 너무 차이가 나는 교육을 실시하는 일본을 보며 우리가 더욱 분발해야한다는 것을 느낄 수 있었다.

둘째는 창의력 있는 학생을 키우는 학교를 만드는 것이다.
미래가 보장된 출세코스를 달리는 규격형의 사람을 만들기에 일

〈학생들의 사물놀이 공연 모습〉

등만을 강조하는 한국의 획일주의보다 미지의 분야에 도전하는 창
의적인 인재를 만드는 데 학교가 앞장서야 한다. 개성과 파격적 발
상으로 무장한 이질적 인재가 곳곳에서 나타나 세계와 겨룰 지적 부
가가치를 창출해야 한다. 인재양성은 일만 명의 법조인보다 한명의
김연아, 추신수를 그리고 조수미를 키워내는 것이어야 한다.

초등학교 5학년생에게 대입 논술을 지도하는 학부모의 발상이 전
환되어야 하고, 그 학부형들에게 끌려 다니는, 교육을 담당하는 관리
자들이 변해야 하고, 사회적 시스템의 변화가 있어야 한다. 지금 우
리나라는 국민들, 특히 청소년들의 실패율이 너무나 높다. 이제는 틀
의 잘못으로 인한 실패가 아니라 창의력이 바탕이 된 에디슨적 실패
를 거듭하여 미래의 꿈을 키우는 데 모두가 협조하고 확대해야 한다.

우리 사회에는 버려야 할 유산, 보존해야 할 유산이 많다.

우리가 유일한 한 사람으로 성장하기 위해서는 버려야 할 유산이 있다.

무조건적인 평등주의의 소산으로 남이 잘되는 꼴을 못 보는 우리들의 자화상을 보며 남이 정정당당하게 노력해서 성취한 부분에 대해서는 인정하고 축하해주는 자세가 필요하다. 허례허식 또한 버려야 할 유산이다. 빈 수레가 요란하다는 말이 있듯 내용이 없는 삶 또한 과감히 개선해야 한다.

그런가 하면 보존해야 될 유산도 있다.

효행실천과 가족주의다. 전통적으로 가족은 국가나 사회가 돌보지 못하는 약자들을 감싸 안는 사회 복지시설 구실을 했다. 가족은 고통의 분담기구이며 인성의 기반이다. 여기에 효행실천은 가족의 기반을 공고히 하는 덕목이라, 관심이 필요한 대목이다.

〈효 실천 다짐(입학식 후)〉

우리나라의 뛰어난 교육열 또한 보존해야 할 유산이다. 중동지역에서는 국가에서 학비 전액을 부담하여 공부하라 해도 대다수의 청년들이 공부를 하지 않는다. 중동은 돈이 많아도 선진국이라 하지 않는 이유다. 지식기반으로 가는 견인차는 교육이다.

신바람 나는 문화는 우리의 장점이다. 아무리 어려운 일이 있어도 이를 극복하고 신바람 나는 생활을 하도록 힘써야 한다.

앞으로 서령고등학교 학생들은 성적이란 괴물 앞에 주저앉지 않고 특기를 신장하여 자신의 자존감을 갖고 버려야 할 유산은 과감히, 보존해야 할 유산은 당당하게 받아들이며 멋진 학창생활을 할 수 있도록 학교의 교육력을 모아야 한다. 우수한 학업성적도 중요하지만 진정으로 즐기며 할 수 있는 특기적성의 계발을 위해 노력해야 한다.

서령 1, 2, 3, 4 운동

리콴유 수상은 말레이시아로부터 싱가포르를 독립시킨 후 총리 취임 시 싱가포르의 미래상을 이렇게 제시했다.

"나는 싱가포르를 1, 2, 3, 4, 5의 나라로 만들겠다. 1명의 부인, 2명의 자녀, 3개의 침실을 가진 집, 4바퀴의 자동차오토바이보다 더 높은 생활수준을 의미, 주당 5백 달러의 1인당 소득을 실현하는 나라, 이런 목표 달성을 위한 국민들의 협조와 노력을 부탁한다."

싱가포르의 국부로 추앙받았던 리콴유의 이 목표는 성공했고 싱가포르는 아시아의 보석 같은 나라로 자리매김했다.

나는 이 글을 읽으며 많은 생각을 했다.

서령고등학교의 미래를 이렇게 끌어갈 수는 없을까? 입학한 모든 학생이 학교를 신뢰하고 자신의 목표를 향해 불철주야 매진할 수 있는 환경을 만들어주고 꿈과 기회를 갖도록 할 수 있는 방법은 무엇일까? 그리고 현재 우리에게 가장 절실한 것은 무엇인가? 우리의 의식을 긍정적이고 적극적으로 바꿀 수 있는 방법은 없을까?

이런 면에서 학교 현장에서 학생들을 일등생으로 키우려는 노력보다는 미래 이 사회에서 꼭 필요한 사람으로 키우겠다는 신념이 필요하다고 느꼈다. 일상적이고 평범한 것의 의미와 아름다움을 찾을 수 있는 안목을 서령고등학생들에게 길러주는 것이다.

나는 우리 학교의 창학이념, 교육목표, 학교장 경영의지 등을 정리하면서 특색사업으로 서령 1, 2, 3, 4 운동을 전개해야겠다고 생각했다.

미래를 살아가는 데 꼭 필요한 것이 무엇일까. 교직원들과 협의를 통해 다음 목표를 설정했다.

서령 1·2·3·4운동이란

- 서령인은 하나의 분명한 특기를 갖고

- 서령인은 두 가지의 외국어에 능통하며

- 서령인은 세 가지의 자격증을 취득하며

- 서령인은 네 가지 이상의 상장을 받아야 한다

첫째, 하나의 특기 함양을 위해 학교에서도 교과 학습 위주의 경직된 학교생활에서 벗어나 개개인의 장점을 고려한 특기를 계발하여 학교생활에 활력소를 불어 넣어 주고 더 나아가서는 풍요로운 생활을 영위해 나갈 수 있도록 하는 데 그 목적이 있다. 학교에서는 그 일환으로 정규 교과 이외의 특기·적성 교육에 다양한 분야의 과목을 개설하여 학생들의 취미와 적성에 맞는 활동을 하도록 하고, 클럽활동은 5개 영역취미, 체육, 학예, 지역사회, 각종 예능 41개 부서를 조직하였다.

한편, 학생들 스스로 동아리를 구성하되, 반드시 지도 교사를 위촉하여 건전하면서도 체계적인 지도를 받으며 자신들의 개인적 관심사를 구체화할 수 있게 하였다. 그리고 이러한 제반 활동이 원활하게 운영될 수 있도록 체육시설, 과학 탐구 활동 시설, 예능 활용 장소 등을 확보하여 학생들이 언제든지 사용할 수 있도록 분위기를 조성해 주었다. 특히 스포츠로 테니스를 널리 보급하기 위하여 테니스

〈동창회의 지원으로 8면의 테니스장 준공식〉

장 8면의 코트를 조성하였다.

　총동창회에서는 학교장의 요청을 거절하지 않고 많은 예산을 들여 정성스레 운동장을 마련해 주었다. 체육시간이나 방과 후 시간을 활용 지속적으로 지도해 줬다. 정헌섭 선생님의 노고가 컸다. 또한 본교의 실내 체육관에서는 이병노 선생님을 포함한 체육교사들이 농구, 배구, 탁구, 배드민턴 등 각종 체육 활동을 할 수 있도록 조치하여 학생들이 방과 후나 휴일에도 이용할 수 있게 했다.

　과도한 입시 부담으로 육체적·정신적으로 지친 학생들에게 자신이 좋아하고, 즐길 수 있는 특기를 갖게 하기 위해 교과 위주의 특기·적성 교육에서 벗어나 기악반, 사물놀이반, 기타반 등의 기능 분야와 탁구반, 카누반, 테니스반, 태권도반, 배드민턴반 등의 체육 분야뿐 아니라 일본어회화반, 프랑스어회화반, 실용영어반, 한자급수반 등의 어학 분야, 컴퓨터반 등 실무기능분야 과목을 개설함으로써 학생들의 특기 신장을 돕기 위한 노력을 하였다.

　학교 교육 과정에 포함되는 클럽활동 역시 학생들의 특기 신장을 위한 부서 중심으로 개설하였고, 토요일 3, 4교시에 격주제로 2시간씩 운영하여 필요한 경우에는 오후시간과 연계적으로 활동할 수 있도록 하였다. 부서는 크게 취미 활동, 체육 활동, 학예 활동, 지역 사회 활동, 재능 활동의 5개 부서로 구분하였다.

　취미 활동에는 기존의 형식적 부서에서 탈피하여 대중문화연구반, 영화감상반, 영상·음반제작반, 시사토론반, 만화창작반, 조리반 등 다양하게 개설하여 학생으로서 평소에는 접하기 힘든 분야들을 주제로 유익한 활동이 될 수 있게 하였다.

체육 활동에는 교내에서 할 수 있는 축구, 농구, 배구, 탁구, 테니스, 배드민턴 등 각종 구기 종목과 함께 지역사회의 시설을 이용한 수영반, 볼링반, 카누반을 개설하여 학생들에게 새로운 경험이 되도록 하였다.

학예 활동으로는 과학반, 논술반, 영어회화반, 수학탐구반, 컴퓨터반 등 각 교과 분야는 물론, 학교 간행물을 직접 제작하는 교지편집반과 애니메이션의 영향으로 유발된 일본 문화에 대한 관심을 충족시킬 수 있는 일본문화연구반이 개설되어 학생들의 참여도가 높았다.

지역 사회 및 단체와 연관된 활동에는 한국청소년연맹, 적십자청소년봉사반, 로타리클럽, 환경탐구반 등 각종 청소년 단체를 조직하여 대외적인 활동을 하게 함으로써 좀 더 폭넓은 경험을 할 수 있는 기회

〈초청특강활동〉

를 제공하였다. 또한 각종 재능 활동에는 발명반, 우주정보소년단 등의 활동을 통하여 학생들의 창의력 계발과 기능 향상을 도모하였다.

특기적성 교육활동이나 클럽활동 시간을 통하여 특기를 살리도록 적극 권장하고는 있으나 시간·장소의 제한 등으로 활동이 부족한 점을 보완하기 위해 학생들의 자발적이고 자생적인 동아리 활동을 인정하고 지원해 주기로 하였다. 주로 독서, 음악, 체육, 미술, 컴퓨터, 만화 등 다양한 분야에 걸쳐 조직되어 있으며, 또한 각 동아리에는 반드시 지도교사를 배정하여 체계적인 지도를 통하여 건전한 동아리로 육성하고 활발한 활동이 되도록 하였다. 특히 학생들이 준비했던 장기 자랑이나 재능을 맘껏 발휘할 수 있도록 매년 학교 축제서령제를 개최하여 동아리 활동 발표의 장으로 만들어 줌으로써 발표력도 향상시키고 자신감과 성취감을 맛볼 수 있도록 하였다.

〈최선을 다하는 모습〉

둘째, 두 가지의 외국어를 습득하기 위해서 다음과 같이 노력했다.

국가 간의 무한경쟁과 다양한 변화가 요구되는 오늘날의 국제화·정보화 시대에 외국어의 중요성은 날로 증대되고 있다. 따라서 본교에서는 '두 가지의 외국어에 능통하자'는 실천 항목을 만들어 학생들에게 회화 중심의 외국어 활동에 적극 참여하도록 했다.

영어의 경우, 자기 자신을 소개하는 'Let me introduce myself'와 '자기 지역 소개하기', '영어 일기 쓰기' 등을 병행하여 학생들에게 말하기와 쓰기 연습을 반복함으로써 영어에 대한 자신감을 심어주고, 영어를 생활 속으로 끌어들이기 위해 노력하였다. 특히 원어민 교사를 초빙하여 1, 2학년은 일과 운영에 포함하여 원어민 회화수업을 받아 외국어와 외국인에 대한 두려움을 없애 주고 외국 문화에 대한 이해의 폭을 넓히면서 회화능력을 신장시키기 위해 노력하였다.

〈특기적성교육 공연 관람 모습〉

또한, 제2외국어는 자신의 진로와 적성에 맞는 외국어를 선택하도록 한 결과, 프랑스어와 일본어, 중국어 등 3개 교과로 편성하였다. 제2외국어 교과는 학생들의 회화 능력을 배양하기 위해 수업시간, 또는 특기·적성교육시간을 활용하여 의사소통 중심의 수업을 하고 있다.

물론 고등학생으로서는 2가지의 외국어에 능통하기란 쉬운 일이 아니지만 목표의식을 갖고 외국어 학습을 함으로써 외국어 기초능력을 배양하고 앞으로 국제화 시대에 능동적으로 대처할 수 있는 기본적 자질을 배양하는 것이 이 운동의 주된 목적이라 할 수 있다.

셋째, 세 가지의 자격증을 얻어야 한다는 것이다.

자격증은 '능력의 유무'를 가리는 척도의 기능이 있지만, 학생들에게는 자신이 평소 관심을 가지고 갈고 닦은 실력을 가늠할 수 있는 기회가 된다. '세 가지의 자격증을 취득해야 한다.'는 세 번째 항목은 '한 가지의 특기'와 긴밀하게 연관된 것으로, 학생들로 하여금 자신이 관심을 가지고 특기로 발전시킬 수 있는 분야를 찾아 사전에 준비하고 그 능력을 배양하는 데 목적이 있다.

〈영어 회화 수업〉

학생이 자격증^{또는} _{인증}을 취득할 수 있는 분야는 매우 다양하다. 정보화 시대에 걸맞게 컴퓨터 관련 자격증이 가장 많고, 그 외에도 운동 분야나 조리사 자격증, 수학이나 역사, 한문 그리고 다양한 외국어 부문의 인증 등을 취득할 수 있다. 나날이 학생들의 관심 분야는 다양해지고 있으며 사회는 점점 자격증 취득을 위한 학생들의 노력 또한 계속되어야 하며 그에 따른 지도가 필요하다고 본다.

넷째, 네 가지 이상의 상장을 받자는 것이다.

'상賞'은 노력에 대한 보상이다. 이와 함께 수상자뿐만 아니라 다른 사람들을 격려하기 위한 목적도 될 수 있다. '네 가지 이상의 상을 받아야 한다'는 네 번째 항목은 학생들에게 학습 의욕을 고취시키고, 각 분야에 대한 적극적 참여와 능동적 활동을 유도하기 위하여 제시한 것이다.

학생들이 각자 갖고 있는 관심분야에 매진하도록 해주고 그에 따라 얻은 결과에 대해서는 격려를 해줌과 동시에 그들의 내재된 잠재적 능력을 계발하기 위하여 시상 다양화 계획을 세웠다. 내용은 크게 교과분야·예체능분야·인성분야·기능분야 등으로 나누어 각 분야별로 세부계획을 수립하여 추진하였고 교내상을 출발점으로 하여 각종 외부 대회에 출전하여 상을 받도록 유도하는 것이다. 학교장이 강조한 상장은 개근상 3개, 효선행상 중 1개를 받는 것이었다. 이렇게 네 가지 상을 받은 학생은 반드시 미래에 성공할 것으로 믿었다.

이상의 것을 구체적으로 실천하며 학교 혁신을 위한 다음 사항을 실천하도록 노력하였다.

교장은 교사, 학부모, 지역인사들이 학교에 대하여 어떤 기대를 하는가를 파악한다.

학교문화의 정확한 파악과 교직원 수준을 확인하고 교사들의 개념적 수준과 구체적 수준에서 교수 행위를 개선하기 위해 노력한다.

학교장은 학교내부와 외부와의 가교 역할 수행을 충실히 하며 교원들의 수행 노력을 지원해 주어야 한다. 교사와 함께 지적탐구를 하는 데 앞장선다. 권한의 위임이 필요하다.

의사결정과정에 구성원의 참여를 보장한다. 구성원들의 문제 해결능력 향상에 기여한다.

교육공동체중, 고, 대학, 교육청, 시청와 협의 채널을 확보한다네트워크개발.

효과적인 갈등 관리를 한다. 선진국, 선진학교 견학 등 연수체계를 확립한다.

〈시상의 다양화 선효행상 시상〉

변화하는 세상만큼 학교 현장도 변화해야 한다. 그 중심에는 교장이 있어야 한다. 그러므로 세상 변화의 흐름을 짚어야 한다. 정보화시대의 교장이 변화하지 않으면 시대에 역행하는 것이다. 자리만 지키고 앉았던 산업화시대의 교장과의 차이점이 바로 그것이다. 지금 학교 현장에서는 알던 모르던 혁신이 이루어지고 있다. 또, 적극적으로 변화를 주도해 가는 곳이 많이 있다.

학교 혁신을 위해 무엇을 진단하고 무엇을 실천해야 할 것인가는 중요한 과제다. 학교현장의 혁신을 위해 경우에 따라서는 자기반성과 힘든 노력이 필요한 것이다.

'서령 1, 2, 3, 4 운동'이란 "일등생보다는 유일한 한 사람으로 키우기 위하여" 노력해야 할 당위성이다.

이의 실현을 위해서 학생들의 특기적성활동을 지원할 수 있는 시설 등 환경을 마련해야 했고, 교육과정 개편을 통한 외국어 교육의 현실화와 자격증을 획득할 수 있는 다양한 지원을 준비해야 했다. 이의 실현을 격려하기 위해 시상의 다양화는 반드시 이루어져야 한다.

학습 지원 센터 활성화

서령고등학교는 역사에 비하여 교육환경이 열악하여 학생들에게 참으로 미안한 일이 많았다. 그중에서도 변변한 도서관 시설이 없는 것이 특히 그랬다. 2001년 말, 서령고등학교는 충남 교육청에서 시행한 「2001년도 맞춤평가 최우수 학교」에 선정되어 학교 환경 개선 지원비를 받았다.

학교의 숙원사업은 도서관을 포함한 학습 지원 센터의 건립이었다. 도 교육청의 예산지원과 법인의 노력 그리고 동창생 학부모들의 참여로 학습 지원 센터가 완공되었다.

학습 지원 센터의 건립은 전 서령교육가족에게 꿈의 실현이었다.

학생들의 도서관 이용을 통한 올바른 독서습관을 길러주어 평생

〈학습지원센터 개관식〉

교육의 기반을 조성해주고 독서 능력 함양으로 바람직한 인간형성
을 할 수 있으며 학습에 필요한 지식정보 등의 자료제공은 물론 자
율학습, 탐구학습을 돕고, 자료의 검색 및 이용을 통해 자율적 조사,
연구, 탐구능력을 기를 수 있게 된 것이다.

　더욱이 교사의 연구 활동을 도와 교수의 질을 향상시킬 수 있고
지역사회의 멀티미디어센터 및 도서관과 협력하여 전자정보도서관
활성화와 문화발전에 기여할 수 있게 되었다.

　학교에서는 지원센터 안에 장서실, 멀티미디어실, 멀티미디어학
습실, 열람실과 연계된 협력학습실을 두고 활용하며 지원센터의 운
영 상황을 홈페이지를 통해 적극적으로 공개하고 홍보했다.

지원센터는 학생들의 접근성이 가장 뛰어난 곳에 위치하였고 점심시간, 저녁시간 등 언제나 활용 가능하도록 항시 문을 열어놓았다.

열람실에서는 최대한 자유롭고 편안한 독서환경을 조성하여 시대를 앞서가는 안목을 갖추고 다양한 매체를 통한 종합적인 독서활동이 이루어질 수 있도록 하였다.

학교예산 확보 및 동창회의 도움으로 신간도서를 지속적으로 구입하였고 학부모의 협조를 받아 독서 도우미를 확대 운영하였다.

분기별로 독서토론회를 개최하여 우수 학생 표창은 물론 각종 미디어에 사례를 소개시켜 주어 지속적인 발전을 하도록 지도했다.

〈지원센터를 활용한 수업〉

멀티미디어실은 디지털 정보를 활용하여 학습활동과 관계된 자료를 구할 수 있는 학습실, 교사들이 수업을 준비하고 실행할 수 있는 학습 자료실, 일반교사 간 협동에 의한 교수학습이 가능하도록 명실상부한 학습 지원 센터의 기능을 갖췄다.

서령고등학교의 학력신장의 이면에는 학습 지원 센터의 역할이 매우 컸다. 교사들의 교수·학습 준비 지원 시스템을 갖추어 정보교육의 산실 역할을 하는 데 중요한 역할을 했기 때문이다.

타 학교에서 서령고등학교의 교육환경을 보기 위해 견학을 왔을 때 가장 큰 관심을 가졌던 부분은 교수·학습 지원 센터였다.

일반 고등학교에서 단일 건물에 지원센터를 구축하고 정보이용에 필요한 각종 소프트웨어그래픽 편집기, 음향 및 영상 자료 작성, 편집, 디지털 카메라, 영상 캡처 보드 등를 갖춘 학교가 거의 없었기 때문이다.

책임을 맡은 교직원들의 노력과 학생들의 적극적인 활용으로 활기찬 면학 분위기를 조성하여 명문 서령을 만드는 데에는 지원센터의 역할이 매우 컸다.

생일잔치를 통한 정체성 확보

　자아를 실현하는 성숙한 사람들은 자기 자신을 바라보는 눈이 긍정적이고, 자기 자신을 사랑한다. 보편적으로 사람들은 자기 눈에 비친 자기 모습을 사랑한다. 내가 말하는 자기 모습은 얼굴 형태 등 육체적인 자기만을 의미하는 것이 아니라 심리적인 자기까지를 포함한다. "나는 누구인가?" 이런 질문에 자신 있게 대답할 수 있는 자존감을 가진 사람은 많지 않다. 특히 청소년인 학생에게는 더욱 그렇다.

　나는 학교장 취임 이후 가장 먼저 학생들의 자존감을 심어주기 위한 노력을 기울였다. 우리 지역에서 가장 우수한 남학생 집단인 서령고 학생들이 패배의식에 사로잡혀 자신에 대한 긍정적인 마음도

〈매달 개최되는 생일잔치〉

적고 목표의식도 뚜렷하지 못해 항상 불만이 내재된 생활을 하니 학교생활이 즐겁지 않고 학습의욕도 높은 편이 아니며, 선생님들과의 관계도 덜 우호적인 경우를 자주 봤기 때문이다.

그들은 왜 패배의식에 사로잡혀 있을까?

시대 상황으로 보아 지역 학교를 불신하여 외지 명문학교를 가고자 했으나 학업 성적, 가정 사정 등 여러 가지 이유로 외지 학교 진학이 이루어 지지 않아 고향 학교로 진학해 보니 왠지 뒤처진 것 같아 불만이 쌓이고 부정적 의식이 형성된 것이다. 이런 상황을 개선해주지 않으면 그들의 학교생활은 부정적으로 고착화 될 수밖에 없다는 생각이 들었다.

심리적으로 안정되고 건강하여 자기 자신을 꾸준히 구현해 가려는 긍정적 자아개념이 필요한 학생을 만드는 것이 급선무였다.

여러 선생님과 머리를 맞대고 개선방안에 대해 토의한 결과는 학생들의 존재감을 찾아줘야 한다는 것이었다. 교사도 학생들에게 사무적으로 대하고 학생도 교사에 대해 존경심도 없고 큰 관심도 없는 상황을 바꿔야 했다. 나는 학생들에게 변하라고 요구하기 전에 교사들이 먼저 변해야 된다고 생각했다. 그 실천을 위해서 우선 전체 교직원이 가슴에 명찰을 패용을 하기로 했다. 학생들이 선생님의 이름을 알고 불러주는 것부터 관심의 시작이기 때문이다. 이미 학생들은 명찰을 패용했기 때문에 선생님과 학생들이 서로 본인 실명을 불러주도록 하기 위함이었다.

다음은 학생들과 교직원들의 생일잔치를 해주기로 결정을 했다. 전교 학생들의 실제 생일날을 조사해 보니 일 년 열두 달에 걸쳐 어느 정도 고르게 분포되어 있었다. 매월 1회 생일을 맞이한 학생과 교직원을 특별히 구내 교직원 식당으로 초청하여 축하케이크조각케이크와 음악교사의 감미로운 축하연주, 선물증정, 학교장의 축하 메시지 전달, 그리고 부모님 은혜 합창 등으로 진행했는데 조촐했지만 의미있는 생일잔치에 학교생활에 부정적이고 소외감을 갖고 있던 학생들의 참여 의식이 높아지기 시작했다.

1회성 이벤트 행사가 아니라 매월 끊임없이 실시하니 이듬해부터는 생일잔치에 대한 관심이 높아져갔고 학부모들도 자녀의 생일잔치에 협찬을 하겠다는 인사도 있었다. 그러나 학교에서는 외부의 지원을 받지 않고 학생들의 생일잔치를 학교 자체의 예산으로 계속했다.

기숙사 생활을 하는 학생들의 지루함을 달래주기 위하여 월 1회 수련관에서 영화상영도 해주었다. 그날은 기숙사생뿐만 아니라 자율학습에 지친 전교생을 대상으로 '명화'를 감상할 수 있도록 하여 스트레스를 풀어주기 위한 노력도 함께 전개했다.

학생들의 정체성 확보를 위한 조그만 행보 '생일잔치'는 의외의 반향을 일으켜 학생들의 생활태도를 긍정적으로 변화시켰다.

정리해 보면 다음과 같다.

첫째, 학생들의 학교에 대한 소속감 및 자긍심이 높아졌다. 학생 자신의 만족감은 물론 자신의 존재를 인정해주는 것을 확인한 학생들의 정체성이 긍정적으로 나타난 것이다. 당시 간행된 학보 및 교지에 생일잔치의 긍정적 효과가 많이 실렸음을 보면 알 수 있다.

둘째, 학생과 교사 간에 우호적인 감정이 높아졌다. 과거에 학생들에게 이름이 아닌 '야', '너' 등 미지칭으로 호칭하던 것이 '아무개 군'과 '아무개 선생님'으로 바뀌며 학교의 분위기가 한층 부드럽게 변했다.

셋째, 심리적으로 안정되면서 학생들의 학습의욕이 높아졌다. 도서관이나 교실에서 책을 읽는 모습이 눈에 띄게 늘어 학교의 면학 풍토 조성에 크게 기여했다.

후에 충남도 내 각 급 학교에서 서령고등학교의 생일잔치 및 교원들의 명찰 패용 등을 벤치마킹하여 학생들의 생활지도에 활용한 사례가 많았다.

교지-앨범 합본 간행

서령고등학교의 교지는 77년 8월 15일 임중호 교장선생님을 발행인으로 임무승 교사가 편집을 맡아 처음 간행되었다가 80년 6호를 끝으로 휴간하였다 서령 40년사 기록.

이어 당시 문예부 지도교사였던 김기찬, 이은숙, 김명동 교사에 의하여 서령문학1호가 창간되어 학생들의 문학작품을 소개하는 역할을 하였다.

서령문학은 학교의 종합 매거진으로 발전, 교지 「서령」으로 확대되었고 단행본으로 매년 간행, 24호로 종간되었다.

학생들의 탐구력과 각 교과별 지식의 양이 폭발적으로 증가하여 교지의 제한된 지면에 학생들의 다양한 학습 및 동아리 활동의 결과물을 싣기에는 한계가 있었기 때문에 변화가 필요했다.

2000년 교원들과 교지 발간에 따른 개선방안을 논의한 결과 동아리별, 교과별 학습결과물을 발표할 수 있는 동아리지誌를 마련해주자는 의견이 나왔다.

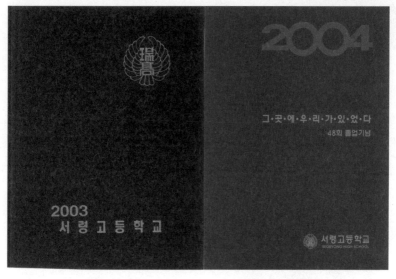

〈졸업앨범 마지막 회〉　　　　〈교지-앨범 합본 첫 회〉

매년 교지가 1,000여 부 간행되어 학생들에게 배포되었지만 교지를 읽었다는 학생은 매우 적었다. 즉, 교지는 많은 학생들로부터 사랑을 받는 잡지가 아닌, 자신의 작품이 게재된 소수의 학생만 읽어보는 형식적인 잡지에 불과했다.

효율성이 떨어지는 교지간행을 중단하고 학생들이 항상 가까이 할 수 있는 새로운 대안이 교지와 앨범의 합본 간행이었다. 앨범 역시 80여 쪽의 흑백 사진첩이었다.

추 수
(秋收)

■대입 수시 1차 모집에 64명이 응시하다. (2003. 6)

대입 1차 수시 모집에 친구들이 응시했다. 내신 성적이
괜찮은 사람이라면 도전해 볼 만한 일이었다. 그러나 경쟁
률이 워낙 높았다. 이과의 어떤 친구가 지원한 학과 경쟁
률은 79대 1이었다. 눈앞이 아찔했다. 하지만 수시 1차 응
시 결과, 남효중, 변승민을 비롯한 12명이 천절 같은 성과
를 이뤄냈다.

■토요일 오후에도 자율학습을 강행하다.
(2003. 그 어느 날부터)

일요일은 말할 것도 없고 토요일 오후에도 자율학습이
계속되었다. 학교 식당에서는 토요일 점심을 제공하지 않
았다. 그래서 생각한 것이 여럿이 모여서 양푼에 밥을 비
벼 먹는 것이었다. 배가 튀어나오도록 먹고 난 후, 오후 자
율학습 시간 내내 졸았다.

■모의평가가 계속되다. (2003. 10. 1 10. 21. 10. 22)

기말평가와 함께 수능 모의평가가 계속 이어졌다. 마치 고
지 점령을 위한 실전 훈련처럼 맹렬한 시험의 연속이었다.

■대입 수학능력시험 전날, 출정(出征)을 알리다. (2003. 11. 4)

전교생과 선생님들, 학부모 대표가 수련관에 모였다. 나아가 싸워 이겨라! 우리 모두 비장한 얼굴이 되어 후배들이 건네주는 기념 선물을 받았다. 아, 12년의 마지막 페이지를 어떻게 장식할 것인가.

■대입 수학능력시험을 치르다. (2003. 11. 5)

드디어 그날이 왔다. 처음에는 눈앞이 캄캄했다. 그러나 우리가 누구인가. 신서령의 정예부대가 아니었던가. 시험이 진행되는 시간 내내, 그 동안 닦아놓았던 내공의 기(氣)를 모조리 소진(消盡)시켜버렸다.

■수능 점수 발표되다. (2003. 12. 2)

허탈했다. 이것이었는가. 3년 동안의 내 모습이 점수로 나타났다. 그 낱알의 수를 헤아리는 사이, 회한과 뉘우침의 의미를 배우고야 말았다.

■2차 수시 합격자 발표되다. (2003. 12. 7까지)

그 어렵다는 수시에서 당당히 합격한 친구들이 부러웠다. 전용국을 비롯한 많은 친구들이 합격 턱으로 피자를 돌렸다. 우리도 빨리 피자를 돌리고 싶었다.

〈테마가 있는 교지-앨범 본문 내용 중에서〉

교사들이 제시한 아이디어는 1학년 입학부터 졸업 때까지의 학생들의 활동사진과 학교생활을 기록해 남겨주자는 것이었다.

2001년 입학생부터 학급 담임은 학생들의 생활을 사진이나 학생 기록물로 보관하는 수고를 하게 되어 제48회 졸업생2004.2.부터 교지·앨범 합본의 멋진 졸업 기념품이 만들어졌다. 학급 담임 교사가 1학년부터 학생사진과 작품을 관리해주는 수고가 요구되었다. 이평수 선생님을 비롯한 여러 선생님의 노고가 매우 컸다. 200쪽이 넘는 분량으로 만들어진 새로운 형태의 앨범은 모든 졸업생의 호응을 얻었다.

이런 아이디어를 얻은 것은 1990년대 후반 서산시 김기흥 시장이 미국 뉴저지주 클립턴Cliffton 시와 교류협정을 맺고 중등교원을 교류하기로 하여 1999년 서령고 신현욱 선생님 외 1명이 클립턴 시에 소재한 클립턴 고등학교에 파견 교사로 가게 되었다. 서산시의 예산 지원이 교류에 큰 도움이 되었다.

이듬해 6월 클립턴 고등학교에서 연수를 마치고 귀국한 신현욱 선생님이 그곳에서 입수한 많은 교육 자료 가운데 클립턴 고교 앨범이 눈에 띄었다. 학생활동 중심의 졸업 앨범인데 우리가 고민하던 교지와 앨범의 합본의 탄생 계기가 되었다.

서령고등학교에서는 많은 교과별, 동아리별 간행물을 만들어 학생들에게 제공했다. 도서관활동을 중심으로 간행한 동아리 「지락」에서는 「늘 넉넉한 자리」라는 회지를 매년 발간하여 학생, 교사들의 문

〈학교 간행물 전시회〉

예창작 공간으로 활용하였고 수학, 과학, 예체능 등 각 교과목에서
도 분기당 혹은 계간의 연구물을 간행하여 매년 학교 축제 때 전시
회를 개최하기도 하였다.

　서령고등학교 학생과 교원의 활발한 교육활동을 한눈에 볼 수 있
는 획기적인 일이었다.

카누 팀 창단

서령고등학교에서 과거 육성했던 운동부는 배구부, 축구부, 육상부, 연식정구부, 씨름부 등 다양했다. 도 교육청이나 충남도청의 학원 스포츠 육성 권유나 지도자의 의지에 따라 운동부가 만들어졌다가 얼마 후 사라지기를 반복했다. 나는 학생들이 즐기는 운동부서는 동아리 활동으로 대체가 가능하지만 특별한 기능을 필요로 하는 부서 창단으로 청소년들이 미래 직업으로까지 연결될 수 있는 것이 없을까 고민하던 중 카누를 생각하게 되었다.

서령고등학교 카누 팀 창단은 카누 지도자 양준모 선생님의 부임이 동기가 되었다. 양 선생님은 '카누 국가대표 선수' 출신이었다.

체육 교사로 본교에 부임해 체육 분야에 별다른 활약을 보이지 못

〈카누 팀〉

하고 있는 양 선생님을 도와주고 싶었다. 1996년 교감으로 승진한 나는 학교 교직원들이 자신의 장점을 살려 교육력을 강화시키기 위한 노력에 착수했다. 그해 겨울방학 교직원 동계 연수기간을 이용하여 틈을 내어 양준모 선생님과 만남을 가졌다. 나는 양 선생님으로부터 「카누」에 대한 기본지식을 얻고 나름대로 우리 지역에서 카누를 육성하려면 연습장은 어디로 할 것이며 경비를 어떻게 조달할지에 대한 기초 조사를 한 후 양 감독에게 카누 팀 창단이 가능한지를 물었다. 양 선생님은 카누 팀 창단이 불가능하다고 말했다.

그는 카누 팀 창단에 따른 어려움을 말했다. 카누는 수상에서 행해지는 운동이기 때문에 연습할 장소가 부족하고 지도자의 원활한 수급 등 지도에 따른 문제와 운동부 운영을 위한 예산 지원 문제 등이 어렵다는 것이다.

나는 연습장은 저수지 등 주변 시설을 이용해 보고 예산은 학교에서 마련해줄 것이라고 말해줬다.

그러나 첫 발령을 받아 막 적응 중인 양준모 선생님 입장에서 팀 창단에 대한 얘기를 쉽게 하기가 어려웠을 것 같다.

우여곡절 끝에 1997년 창단을 결정하고 준비 작업에 박차를 가했다. 우선 양 선생님은 관내 중학교를 다니며 카누를 할 수 있는 체격조건을 가진 학생을 발굴하고 이미 카누 명문으로 발돋움한 부여지역에 가서 쓰던 카누정을 얻어오는 작업을 했고 학교에서는 도 교육청과 협의하여 팀 창단에 따른 행정 절차와 예산 지원에 대한 방법 등을 진행했다.

당시 충남도 체육회에서는 도민체전과 전국체전에 대비하여 1교 1체육팀 창단을 권장하고 있었으며 서산시 체육회에서도 서령고에 구기분야 팀 창단을 권유하고 있었다.

그러나 구기분야의 팀 창단은 어려웠다. 왜냐하면 지도자 확보도 어렵고 다수의 선수 육성을 위해서는 많은 예산이 필요한데, 자원이 없어 카누 팀 창단으로 결정했던 것이다.

1998년 4월 17일 학교 강당으로 쓰였던 콘서트강당지금은 허물어 없어졌음에서 법인 이사장, 학교장, 도 교육청 김태현 장학관과 박승규 장학사, 시청 체육 담당 관계자, 학부모 등 내빈이 참석한 가운데 역사적인 서령고 카누 팀이 창단이 이루어졌다.

카누 팀 창단 이후 관계자들의 피땀 어린 노력의 결과 서령 카누는 서서히 그 진면목을 드러내기 시작했다. 드디어 창단 멤버가 고3

〈전국체전참가 첫 금메달 획득 후 서산시장예방(맨 왼쪽 창단감독)〉

이 되는 2000년 전국 체육대회가 부산에서 개최되었다. 고3이던 박
민호 선수는 4개 종목의 금메달이 걸린 카나디언에서 무려 3개의 금
메달을 획득하여 현장에 격려차 방문했던 충청남도 교육감, 교육위
원, 그리고 서산교육장과 응원차 참가했던 부산 한형우 경감 등 동
문과 학부모 모두에게 감동을 선사했다.

선수들의 메달획득은 지도자의 뛰어난 지도력과 교육청의 지원,
그리고 선수들의 피나는 노력의 결실이었다. 이후 카누 팀은 서산을
대표하는 종목으로 성장했다.

양준모 선생님은 딸 양희영국가대표 골프선수의 뒷바라지를 위해
2003년 카누 팀 감독직을 내려놓고 학교를 떠났다.

후임에 올림픽 대표 출신 박창규 선수를 체육교사로 영입, 2012년 내가 서령고를 떠날 때까지 카누부를 전국 최강자의 위상을 유지하도록 노력해주었다. 서령고 카누부 출신이 국가 대표로 여러 명 활동했고, 박민호^{현 서산시청 감독} 선수를 비롯한 지도자들이 많이 나와 활약하고 있다.

관악부의 재창단

　서령고등학교 관악부는 1970년 임중호 전 교장선생님께서 창단
하였다. 필자가 고등학교 2학년 때 김은국 음악선생님께서 트럼펫
부는 방법을 얘기한 후 한 명씩 나와 악기를 불어 보도록 했다. 소리
나는 사람은 밴드부원이 되는 것이다. 서령 관악부는 당시 짧은 시
간 연습하여「교련검렬」때 기본적인 연주를 하고 사열, 분열에도 참
여했다. 그 후 음악교사들의 잦은 이직으로 80년대 말 자취를 감춘
채 명맥만 유지하고 있었다.

　1991년 본교에 부임한 최용재 음악교사는 본교 졸업생으로 음악
에 뛰어난 재능이 있었고 클라리넷 연주자로 꽤 이름이 알려진 음악
인이었다. 그러나 입시위주의 교육현실과 학교예산이 관악부 재건
에 투입할 만큼 넉넉지 못하여 관악부 재창단의 의지가 있었음에도

실행에 옮기지 못하고 있었다. 나는 학생들의 특기를 키우고 교사의 능력도 발휘해야 된다는 생각으로 관악부 재창단을 상의했다.

〈관악부 창단 후 공연 장면(지휘자 최용재 교사)〉

1996년 학교 관악부의 전통을 찾아야 한다는 요구에 관악부 재창단에 대한 열정이 솟기 시작했다. 최용재 교사는 선배들이 쓰던 악기를 모아 정성껏 닦고 수리하여 17명의 관악부원을 모집, 활동을 시작하게 된다.

최용재 교사의 지도를 받은 관악부 학생들의 실력은 날로 향상되었다. 일반계 고교에 재학하는 학생들의 꿈은 대학 진학이다. 그렇기에 충분히 연습할 시간이 없었을 텐데, 틈틈이 연습한 기량이 놀라울 정도였다.

"관악부 학생들은 충남에서 명문학교에 다닌다는 자긍심으로 가득 찬 인재들이었기에 쉽게 기능을 익힐 수 있었고 지도교사의 입장에서도 별 어려움 없이 지도가 가능하여 당장 학교의 행사에 관악부가 투입되어 각종 음악을 연주할 수 있었습니다최용재 교사 회고."

서령고등학교 관악부는 재창단 이후 학교의 자랑으로 성장하며 많은 학생들이 자신의 특기를 함양할 수 있는 계기가 되었다. 뿐만 아니라 음악을 전공으로 하여 각지에서 성공적인 삶을 사는 음악인도 많이 배출할 수 있게 되었다.

테마 여행

대학입시에 모든 힘을 다 쏟는 고등학교에서 아침, 방과 후, 주말, 방학이란 학생들이 실제 누릴 수 없는 수사에 불과했다. 느긋하게 일어나 산책도 하고 기지개도 켜며 하루를 구상하는 것이 아닌, 차임벨이나 부모의 성화에 잠을 깨야 하고 아침은 먹는 둥 마는 둥 허겁지겁 학교로 달린다. 방과 후는 휴식이 아닌 자율학습, 주말은 보충, 특별이란 이름의 또 다른 수업, 방학은 오히려 없는 편이 나을 정도다. 왜냐하면 학습 부담이 평상시보다 많은 수업 진행으로 잠시의 휴식도 갖지 못하기 때문이다.

일 년에 두 차례 시행하는 수학여행도 마찬가지였다. 학생 개인의 의사와는 상관없이 이미 정해진 코스에 대절버스로 현장에 도착

하면 단체 급식에 칼잠²을 자야 하는 비좁은 숙소지만 학교를 떠났
다는 해방감에 그래도 즐겁다.

　오래된 관행이었다.

　학교장 취임 이후 테마식 수학여행을 제안했다. 과거 경주, 설악
산 등 제한된 여행 장소에서 벗어나 학창시절에만 해 볼 수 있는 멋
진 프로그램을 준비해 보는 것이다.

〈테마여행 중 즐거운 한때, 중국 이화원〉

　기존 여행 중심의 틀을 벗어나 자신이 정한 주제에 따라 체험의
기회를 갖게 함으로써 교과수업의 보완은 물론, 인성을 함양시킴으
로써 다양하고 폭넓은 안목을 기를 수 있다는 생각에서다.

　선생님들의 적극적인 호응을 받아 준비 작업에 들어갔다. 테마식
여행은 반 구별 없이 학생 자신이 선택한 테마에 따라 다양한 체험
활동 사실을 매일 자신의 과제장에 정리하는 것이다. 단순한 관광이

아닌, 학습의 의미를 담아 여행 후 개인별 기고문 및 조별 보고서를 제출하여 책으로 만들어 보관한다.

고등학교 2학년에서 처음 시행하는 과제이기 때문에 담임교사를 비롯한 모든 분이 전에 시행하던 여행에 비해 업무가 엄청 늘어났다.

테마 주제는 서울권한양 600년, 그 어제와 오늘, 호남권길은 외줄기, 남도 삼백리, 중부권인간과 자연, 그리고 나라사랑 등 3개 권역을 수십 개의 테마로 나눠 5~6명이 한 조가 되도록 편성하고 이동 수단은 택시가 아닌 대중교통을 이용하여 주제를 해결하도록 지도했다. 팀워크가 중시되었고, 리더의 영향력이 필요했다.

2001년부터는 테마여행을 국내에서 제주도와 중국, 일본으로 넓혀 학생들의 안목을 넓히는 데 주력했다. 학생들의 여행 결과를 책으로 편집하여 모든 학생들이 공유할 수 있도록 했다.

다음은 2001년 6월 테마식 수학여행을 끝낸 학생들의 결과물을 책으로 펴낸 것을 기념한 학교장의 인사말이다.

제목 : 더 깊이 있고 지혜로운 사람이 되길 바라며

사랑하는 1학년 여러분!

세상은 참으로 넓습니다. 그러나 우리가 평생 딛고 살아가야 할 땅은 아주 좁습니다. 그러다 보니 평생을 지내더라도 보지 못하고, 듣지 못하고, 알지 못하는 일들이 수없이 많습니다. 여러분은 지금까지 부모

〈여행 후기를 담은 보고서 간행〉

님 밑에서 편안하게 자라왔습니다. 또, 학교라는 울타리 안에서 열심히 배우고 익히는 데에만 열중해 왔습니다. 국어, 영어, 수학 공부 등 대입 준비에는 온 정성을 기울여 왔으나 대한해협을 건너 보거나, 또는 강화도를 기행하거나, 한 편의 연극을 관람하는 일 등에는 무관심할 수밖에 없었습니다. 이제 여러분도 세상이 한없이 넓다는 사실을 깨달을 때가 되었습니다. 보다 넓은 곳으로 나가 보고, 보다 먼 곳을 바라볼 줄 알아야 합니다.

그것은 견문을 넓히는 길이기도 하지만 자신을 바로 보는 계기가 되기도 합니다. 낯선 곳에 나갔을 때 비로소 내가 누구이고 내가 어디에 서 있는가를 제대로 볼 수 있습니다. 여행을 좋아하는 사람들은 대부분 이런 묘미를 느낄 줄 아는 사람들입니다. 방 안에서, 집 안에서, 학교 안에서의 '나'는 늘 그대로입니다. 그러나 아주 낯선 장소에서 생면부지生面不知의 사람들과 만날 때, '나'는 늘 새로워집니다. 그래서 사람들은 여행이야말로 사람을 깊이 있고 지혜롭게 만드는 좋은 방법 중의 하나라고 말합니다.

이 책의 내용 속에는 '안에서 본 일본, 밖에서 본 한국'이라는 소제목이 붙어 있는 글이 있습니다. 그것은 일본을 제대로 알기 위해 일본에 갔다가 오히려 우리 스스로의 모습을 더 확실히 느낄 수 있었다는 뜻을 품고 있습니다. 이렇듯 여행은 나를 더 잘 알게 할 뿐만 아니라 내 삶의 이정표를 제시해주는 역할을 합니다. 자신을 잘 아는 사람이야말로 가장 지혜로운 사람입니다.

그동안 우리 1학년 학생들은 나무랄 데 없는 학교생활을 해 왔습니다. 모든 면에서 아주 모범적이었습니다. 그런 우리 1학년 학생들이 아무 탈 없이 수학여행을 마치고 돌아왔습니다. 길지 않은 여행이었지만 그 사이에 많은 것을 보고 느꼈으리라 생각합니다. 물론 고생도 많았을 것입니다. 그러나 이번 수학여행이 이 책자의 제목처럼 여러분의 시야를 더 넓게 하고 더 깊이 있는 생각을 갖게 하는 계기가 될 수 있기를 간절히 바라겠습니다. 그를 통해 더 크고 훌륭한 사람으로 커나갈 수 있도록 온 정성을 다하시기 바랍니다.

해외교류의 시작

〈서산시. 합비 시 교육 관계자 입회 아래 합비 1중 진동 교장과 교류 조인식〉

2001년 서산시 교육청에서는 중국 안휘성 합비 시와 자매결연을
체결하고 관내 초, 중, 고등학교의 결연행사가 중국 안휘성 합비 시

교육청에서 있었다. 서산교육청 김형순 교육장이 노력한 결과였다. 같은 해 서산교육청에서는 학무과장이 단장이 되어 유광호 장학사를 비롯한 관내 초·중·고 교장이 안휘성 합비 시 교육국을 직접 방문했다. 충남교육청에서도 관심을 갖고 이인준 교육위원이 동행했다.

본교는 교장인 내가 직접 참가하여 안휘성에서도 최고의 명문학교인 합비1중과 교류 협정을 맺고 2002년부터 교류를 시작했다.

세계화 시대를 맞이한 중국과의 교육 교류 활동은 양국의 우호친선을 통해 미래사회의 주인공이 된 학생들이 서로의 전통과 문화를 바르게 이해하고 폭넓은 경험을 통하여 올바른 국가관과 세계관을 확립하는 데 그 목적이 있다.

중국 자매결연 교류 방문은 우선 학생들에게 해외 체험학습을 통하여 국제적 안목을 키우고 자신을 돌아볼 기회가 되었고, 양국 학

일본 구미야마고교 자매결연

생 상호 간에 의사소통을 위한 영어의 사용으로 스스로 국제적인 언어 습득의 중요성을 깨닫게 되었다.

동시에 급속히 발전하는 중국의 모습과 부유층의 생활모습을 체험하며 유커들의 한국 방문 현상을 이해할 수 있고, 한국인의 자긍심과 애국심을 함양하는 기회가 되었다.

또한 '일등생보다는 유일한 한 사람으로 키우자'는 교육 슬로건 아래 학생 개개인의 능력을 신장시키기 위하여 교육의 주체인 교사와 학생들에게 세상을 보는 시야를 넓혀줌으로써 교육의 질적 향상을 도모할 목적으로 시작하였다.

2005년 7월에는 이웃나라 일본에 있는 구미하마고등학교와 교류협정을 체결했다. 양교의 자매결연 체결에는 카누부 감독인 박창규 선생의 공로가 컸다. 국가대표 카누선수로 올림픽에 출전하여 아시아 최고기록 보유자인 박 선생은 한국보다 일본에서 유명했다. 교토 카누협회에서는 매년 박 선생을 초청하여 카누 기술향상 등 연수를 진행했다. 미키 반도 카누담당 장학사가 중간에서 양국 양교의 교류에 적극 도움을 주었다.

〈구미하마고교 방문 때
모토이 교장과 함께〉 〈우측부터 박창규 선생,
미키 반도 장학사〉

해외 학교와의 교류 확대가 가지는 의미는 다음과 같다.

해외 학교와의 교류 배경은 첫째, 학생의 경험 확대를 위해서다.

최근 들어 청소년 문제는 인터넷의 발달 및 보급으로 인하여 사이버 공간을 이용한 각종 가상현실을 마치 현실인 것처럼 착각함으로써 각종 범죄의 유혹에 빠져드는 등 더욱 심각한 상황으로 빠져들고 있다.

청소년들이 컴퓨터와 전자기기를 다루는 능력은 기성세대의 상상을 훨씬 뛰어넘을 정도로 탁월하다. 이처럼 대면적인 관계보다는 영상을 주고받는 화면에 익숙해진 청소년들에게 기성세대가 아무리 살아있는 경험의 중요성을 강조해도 이해하지 못하는 것은 당연하다. 그러니 부모와 자식들, 또는 교사와 학생들의 관계가 더욱 단절될 수밖에 없다.

그들은 밖으로의 활동보다는 문을 닫고 혼자의 공간에서 나름대로의 상상의 나래를 펴며 뜻에 맞는 지극히 제한된 사람들과의 교류에만 익숙할 따름이다. 아무리 정보 네트워크 혁명을 통하여 다양한 지식을 주고받는 시대가 되었다고 하더라도 경험을 통해서 얻어진 것만큼 소중한 것도 없다. 그리고 인터넷을 중심으로 한 사이버 세계의 부정적인 측면도 간과할 수 없다. 그런 면에서 적어도 세계화라는 시대적 흐름에 부응하는 인재를 육성하기 위해서는 국가 간의 활발한 교류가 필요하다고 느꼈다.

이처럼 정보혁명의 급속한 발전으로 인하여 갈수록 늘어나는 청

〈모토이 구미하마고 교장 본교 방문〉

소년 문제를 해결하고 세계화라는 큰 틀 속에서 교육의 질적 발전을 도모하기 위해서 본교는 인접 국가의 학교와 자매결연을 체결하고 구체적인 교류를 추진하게 되었다.

둘째는 교원의 자질 함양을 위해서다.

오늘날 공교육의 위기 이면에는 교사들의 교심敎心이탈이 한 몫을 했다고 볼 수 있다. 왜곡된 교육열은 급기야 공교육의 중심이라 할 교사들의 혁명적인 변화를 요구하게 만들었다. 시민단체를 중심으로 한 일부 학생과 학부모들은 교사가 변하지 않고는 교육이 변할 수 없다는 논리로 밀어붙이고 있다. 그런 의미에서 교사들도 사교육에 맞서 스스로의 경쟁력을 높여야만 살아남을 수 있다는 것은 시대적 흐름이라는 것을 알아야 한다.

적어도 수요자가 만족할 수 있는 교육을 펼치기 위해서는 일방적인 강요만으로는 이루어질 수 없다. 교사들에게 꾸준히 자기 연찬과 연수의 기회를 제공함으로써 질적 향상을 도모하는 일이 필요하다. 그런 의미에서 본교에서 추진 중인 해외교류는 십수 년씩 교단에 있으면서도 아직 발달된 외국의 교육기관을 살펴볼 수 없었던 교사들에게는 새로운 경험을 할 수 있는 좋은 기회가 되었다.

〈합비 시 교원들과의 간담회 참석한 필자〉

교원들이 학교 교육체제의 올바른 유지와 사회 여론의 에너지를 수렴하고 학교를 교육의 중심으로 일으켜 세우기 위해서는 교육서비스의 획기적인 변화가 따라야 한다. 그러한 믿음으로 시작한 해외 자매학교와의 교원 상호교류 프로그램은 그 목적의 긍정성만큼이나 교육 발전에 크게 기여하고 있다.

셋째는 지역사회와의 조화를 위해서다.

지방자치제가 실시되면서 학교도 자치단체와의 긴밀한 협조관계를 통하여 지역의 교육 제고와 사회교육 프로그램의 중심 역할에 대한 기대가 더욱 높아지고 있다.

지역의 학교가 현실에 안주하여 자기만족에 젖어 있기보다는 해외 학교와 활발한 교류를 통하여 국제적 감각과 안목을 높이는 것은 곧바로 지역 교육의 상승 작용으로 이어질 것이다. 학생과 교사가 서로 자매학교를 방문하여 교육 관련 세미나를 개최하여 각종 교육 정보를 주고받는 것은 물론이고 지역의 문화 현장이나 산업시설을 견학함으로써 향후, 지역 간 인적·물적 교류의 토대를 마련할 수 있다.

〈합비1중 신축 교사〉

따라서 교육 부문에서의 활발한 교류는 궁극적으로 지역사회의 성장을 이끌어갈 동력의 한 축으로써 지역민의 적극적인 참여와 지원을 통하여 공동체의 발전을 이끌어낼 수 있게 되었다.

서령고등학교와 자매를 맺은 안휘성 합비1중에 대한 소개는 다음과 같다.

운영의 동반자 선택 중국의 경우

"합비1중은 1902년 개교한 학교로 삼국지의 무대이며, 송나라 포증 포청천의 고향이기도 하다. 중국 근대사의 저명한 정치가인 이홍장李鴻章이 유년기를 보낸 곳으로도 유명하다. 합비는 중국의 민주화와 과학의 발전을 위해 공헌한 수많은 인물을 배출한 유서 깊은 고장이다. 합비1중의 역사는 이홍장의 아들인 이경방李經方이 1902년 설립한 여양서원廬陽書院을 인수함으로써 시작되었다. 1908년부터 1934년까지 교명을 여러 차례 바꾸었으며, 중일전쟁이 끝난 후 합비중학으로 개명, 1952년에 정식으로 합비제1중학이라 명명하였다. 1955년 안휘성 중점학교로 지정되었으며, 1956년 신교사를 건립하여 오늘에 이르고 있다. 합비1중은 54,000여 평방미터의 대지 위에 최근 신축한 과학관·도서관·체육관 등이 자리 잡고 있으며, 또한 교내 네트워크와 폐쇄회로 TV 등 첨단 과학시설은 물론이고 대학 수준에 버금가는 과학시설을 갖추고 있는 학교로도 유명하다.

학교장서는 총 60,000여 권, 신문 70여 종, 잡지류 300여 종 등으

로 구성된 풍부한 학습 인프라는 교사와 학생의 교학연구 및 학습욕
구를 충족시키고 있다. 현재 합비1중은 37개 학급, 총 2,295명의 학
생이 재학 중이며, 교직원 129명 가운데 수업전담교사는 90명특급교
사 6명, 고급교사 56명이다.

합비1중은 "천하의 포부를 품어, 세상의 주인이 되자"라는 교훈
과, "전면적인 교육을 통하여, 널리 영재를 육성한다"라는 기치하에
중국의 미래를 책임질 우수한 인재를 양성하는 데 주력하고 있다.
또한 이 학교는 1995년 국제연합 유네스코 클럽에 가입하여 활동하
고 있으며, 일본, 홍콩, 한국, 싱가폴, 미국, 영국, 독일, 캐나다, 오스
트리아 등의 국가와 자매결연을 해 학교 간 교류에 매진하고 있다."

〈2002년 자료〉

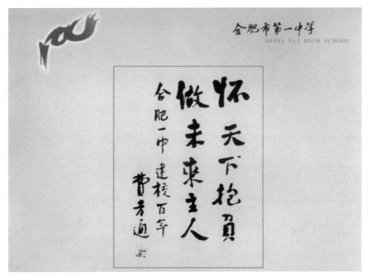

〈합비1중 교훈〉

안휘성 최고의 명문인 합비1중과의 자매결연은 서령고에게는 큰 행운이었다. 2002년 7월 25일부터 7월 29일까지 4박 5일간 서령고등학교 학생 10명과 인솔교사 2명이 중국 안휘성 합비1중을 방문하게 되었다.

무분별한 해외교류에 대하여 우려하는 목소리도 적지 않다. 그러나 미래의 희망인 학생들이 좀 더 넓은 세계를 접함으로써 장차 이 나라의 주역으로 성장한다는 점을 감안할 때, 다소 경제적인 부담이 따르더라도 과감한 투자가 필요한 것은 사실이다. 물론 교원들도 마찬가지다. 가르치는 사람의 식견이 부족하면 배우는 학생들도 우물 안의 개구리처럼 좁은 시야에서 벗어날 수 없다.

교육은 미래에 대한 확고한 비전을 심어주는 것을 목표로 하고 있다. 비전은 개인은 물론 국가의 미래를 결정짓는 중요한 요소로서 구체적인 실천과제와 방안이 뒤따라야 성취할 수 있음은 당연하다.

오늘날 무한경쟁의 시대 속에서 우리가 세계의 주역으로 살아남기 위해서는 교육에 대한 과감한 투자가 뒤따라야 한다고 보고, 그런 의미에서 본교는 해외교류를 추진했고 앞으로도 지속적으로 확대할 계획이다.

서령고등학교 학생이 중국을 방문하기 전 2002년 4월 26일 합비1중 진동陳棟 교장이 내한하여 학교를 방문했다.

합비1중 100주년 행사 참가

합비1중과 교류를 시작한 첫 해 10월 5일 합비1중 개교 100주년 기념식에 초대를 받아 갔다. 합비1중이 합비 시 최고의 명문임을 그때 다시 알았다. 안휘성 성도인 합비 시 거리 곳곳에 수없이 걸린 개교 100주년 축하 플래카드며 엠블럼이 눈앞에 펼쳐졌다.

자매학교 교장에 대한 예우는 각별했다.

안휘성 성장省長보다 상석에 자리를 배치하고 기념사도 합비1중 진동 교장 다음에 하도록 순서가 잡혀 있었다.

합비 시내에 있는 대형 시민체육관에 3,000여 명이 넘는 초청인사가 자리를 메웠다. 안휘성 성장, 합비 시 시장, 합비1중 당서기, 학교장을 비롯한 교직원과 학생, 학부모 그리고 세계 각국에서 온 합비1중 동문들이 참석했다. 세계 각국에서 모교를 찾은 졸업생들이 모교 재학생들을 위한 장학금 전달하는 광경이 매우 인상적이었다.

김용석 선생의 통역으로 학교장인 내가 그곳 기념식장에서 기념사를 했다.

개교 100주년 기념사

나는 오늘 이 세상에서 가장 소중한 우리 학교와 자매결연한 합비1중의 학생들과 학부모님들을 만나기 위해 이곳에 왔습니다.

대한민국의 서령고등학교는 중국의 합비1중과 형제의 정을 나누겠다는 합비1중의 진동 교장선생님과의 약속에 따라 지난 4월 27일 자매결연서를 교환했습니다. 그리고 금년 7월과 8월 방학을 맞이하여 상호 학생 10명과 인솔교사 2명이 홈스테이 방식으로 교류를 한 바 있습니다. 교류는 매우 성공적이었으며 겨울 방학에는 양교 교직원 6명씩을 추가로 교류하기로 했습니다.

존경하는 합비1중 학부모님.

또, 합비1중을 모교로 둔 자랑스러운 합비1중 동문 여러분!

중국이 자랑하는 합비1중 재학생 여러분!

나는 여러분의 자랑스러운 합비1중과 자매결연한 대한민국 서령고등학교의 교직원과 학생을 대표하여 개교 100주년을 맞이한 여러분들과 기쁨을 함께함을 영광으로 생각합니다.

대한민국과 중국은 지리적으로, 문화적으로 매우 가까운 나라가 되었으며 양교의 자매결연은 앞으로 아시아인의 자존심을 높이는 데 크게 기여할 것으로 확신합니다.

금년은 대한민국과 중국이 수교한 지 10주년이 되는 해입니다. 이런 뜻 깊은 때 양교가 자매학교가 되어 학생과 교직원이 교류를 한 것은 학생개개인은 물론 양교 구성원에게 큰 축복이 아닐 수 없습니다. 나는 합비1중 개교 100주년을 맞이하여 중국과 세계의 중심에 우뚝 선 합비1중 동문들에게 더 큰 영광이, 그리고 재학 중인 학생들에게 성공의 미래가 열릴 것을 기원합니다.

서령고등학교의 모든 사람들이 합비1중과의 협력과 발전을 진심으로

축원하고 있습니다. 우리의 교류가 더욱 공고하게 계속되어 미래 주

인공으로서의 지식을 공유하고 세계 경영의 주역으로 성장해 가도록

해야 할 것입니다.

다시 한 번 합비1중의 100주년 기념을 축하하며 이 자리에 계신 모든

분들의 행운을 빕니다.

2002년 10월 5일

대한민국 서령고등학교장 김 기 찬

합비1중 개교100주년 기념식 연설

제2장

교원의
자부심

학생들이 주인이 된 학교

학교장 취임 이후 학교 전반에 걸친 정비를 시작했다. 무엇보다도 학생들의 자존감 살리기에 우선순위를 두었다. 학교의 주인은 학생이어야 함을 천명한 것이다. 학교환경개선을 위해 법인이 중심이 되어 노력하고 도 교육청, 현대오일뱅크를 비롯한 기업체에 지원을 요청했다. 학생들에 대한 교육활동을 훌륭히 해낼 수 있도록 함께 하자고 요청을 한 것이다. 이런 노력의 결과는 서서히 학교 현장에서 나타나기 시작했다. 면학 분위기가 조성되고 대학 진학률의 상승이 그것이다. 전직 교장선생님을 비롯한 선생님들과 현직 교원들의 피나는 노력 덕분이었다. 뿐만 아니라 우수 학생 유치를 위한 장학금을 제공해 준 여러 독지가들과 학부모들의 노고에 힘입은 바가 컸다.

교직원들이 명찰을 패용하고 학생들의 이름을 불러주며 학생 개

개인의 존재감을 확인시키기 위한 생일잔치 개최, 서령 1, 2, 3, 4 운동의 지속적 추진, 교직원들의 자존감 상승을 위한 프로그램 운영으로 학교에는 면학분위기가 자연스럽게 자리 잡기 시작했다.

학교의 존재 이유는 '학생들에게 꿈과 희망을 주며 미래의 기회를 열어주는 것이다.'라는 신념을 갖고 있는 학교 교직원들은 학생들의 인성을 바탕으로 한 꿈을 키워주기 위해 온갖 노력을 다했다.

매월 1회 전체 조례를 통한 서령고등학교 학생 및 교직원의 일체감 형성을 위한 노력, 분기당 1회 명사 초청 특강을 통해 학생들의 긍지를 확인시켜주고 각종 계기에 대한 교육을 지속적으로 전개하였다.

일반계 고등학교는 학력을 높이는 것이 최대의 과제다. 특히 명문대 진학의 꿈은 모든 학부모들의 요구다. 학생 한 명 한 명에게 목표를 부여하고 반드시 그 목표를 달성하기 위한 다짐대회를 갖고 스스로 면학할 분위기를 만들어갔다. 진학 성과를 높이기 위해 대학 현장을 직접 방문하여 정보를 얻어 분석하고 맞춤전략을 구사했다. 특히 서울대학교의 입시전략을 철저하게 분석하고 준비했다.

나는 학생들에게 공부를 잘하기보다는 학생의 본분을 다하고 매사에 최선을 다할 것을 강조했다.

누구든지 「특기」를 하나씩 갖고 그 신장을 위해 노력하되 「특기」가 없는 사람은 「공부」를 특기로 삼아보라고 당부했다.

서산지역의 교육열은 매우 높다. 어느 지역이나 마찬가지지만 지방대 진학보다는 수도권, 특히 서울소재 대학의 진학을 원했다. 맞춤지도가 필요했다.

당시 서산 장학 재단에서 매년 전년도 수학능력시험 출제위원을 초청하여 서령고등학교 강당에서 관내 고3 학생들에게 특강을 통해 개인의 입시 전략 마련에 도움을 줬다.

담임교사들은 서울시내 대학을 순방하며 각 대학의 숨어있는 입시방향을 찾아 토론하고 학생 개개인에 대한 맞춤 전략을 수립, 시행했다.

무한 경쟁이 아닌, 하고 싶은 공부를 위해 「자기와의 싸움」을 승리로 이끌어주기 위한 학교의 폭넓은 지원은 학생들의 자존감 상승으로 이어졌다. 1990년대 이미 70%가 넘는 학생들이 상급학교 진학을 했고, 2000년대 이후는 양적 증가보다 질적 증가를 목표로 하여 2004년에는 서울대학교에 8명이 합격하는 등 수도권 대학진학률이 매년 증가세를 보였다.

교장실을 대입전형을 위한 학생 모의면접실로 제공하고 담임선생님들이 모의면접관으로 최종 리허설을 한 후 입학시험장으로 수험생을 보낼 때, 학교의 긴장감은 마치 전쟁터로 출병하는 용사를 배웅하는 비장한 느낌이었다.

「합격」의 낭보가 전해질 때마다 법인 이사장, 학부모, 지역인사, 동문들의 기쁨, 그중에서도 밤낮으로 학생들을 지도하는 데 열과 성을 다한 학과 및 학급 담임교사의 기쁨은 이루 말로 표현할 수 없다. 그것은 주인의 성공을 바라보는 기쁜 모습이었다.

학력을 높이려는 교원들의 노력

어떤 유명한 심리학자가 말하기를 사려 깊은 사람들이 섣불리 맡으려고 하지 않는 세 가지 역할이 있다고 했다. 그 세 가지는 부모, 정치가, 그리고 교사이다. 이 세 가지 역할은 상당히 복잡 미묘하고 때로는 모순적이며 불가피한 요구사항이 많고 모험적인 특성이 있다. 따라서 생각이 깊은 사람들은 이런 책임으로부터 벗어나려는 경향이 있다는 것이다.

그럼에도 불구하고 우리나라 청소년들을 대상으로 직업 선호도를 살펴보면 「교사」를 직업으로 갖고자 하는 사람이 늘 선호도 최상위권에 있다. 과거 군사부일체라고 하여 존경의 대상이 되기 때문이기도 하고 경제적 안정을 기할 수 있다는 매력적인 요소도 반영되었을 것이다.

그러나 점차 교육환경이 변화하고 있다. 저출산의 영향으로 우리 아이들은 공주와 왕자로 태어나 생활하게 되고 맞벌이의 영향으로 부모의 간섭에서 벗어나면서 아이들은 좀 더 자유로워지고 점차 버릇이 없어졌다. 부모는 자신들의 지난한 삶 때문에 아이들을 잘 보살필 수 없는 여건 속에서 아이들에게 미안해하며 웬만한 아이들의 행동은 우선 허용하는 분위기로 가고 있다. 아이들이 좀 더 자유롭기를 원하면서 아이들의 학력만 더 높아지기를 바라는 모순을 본다.

학교에서 교사는 잘 가르치는 것이 최대의 과제지만 그렇게 하기 위해서는 자신이 담당한 교과에 대하여 더 많이 알아야 하는 것이 필수적이다. 도 교육청에서도 관내 초·중등교사를 위한 인성함양 및 전문성 신장 등 다양한 연수 프로그램을 운영하여 수업에 지장이 없는 한 연중 프로그램을 진행하고 있다.

〈자체 연수를 통한 전문성 함양〉

일선 학교의 교사가 학교 현장을 떠나 연수에 참여하여 새로운 지식을 습득한다는 것이 쉬운 일은 아니다. 그러나 학력을 높이려면 교사는 학생보다 더 많이 알아야 하고 그 지식을 정리하여 학생들에게 쉽게 가르치는 능력을 배양해야 한다.

학교장으로 취임한 후, 교직원들의 대학원 진학을 적극 권유했다. 사립학교는 인사이동이 없어 평생 한곳에 머물다 보면 인간관계 확장을 비롯한 새로운 지식습득의 기회가 적다. 그런 어려움을 극복할 수 있는 것은 학교 밖으로 뛰쳐나가 새로운 지식을 습득하기 위한 자기 노력이다. 이미 앞서가는 교사들은 석사과정을 끝내고 그 밖의 다양한 자기 연수를 하는데 진학반을 지도하는 교사는 정규 수업은 물론 과도한 보충수업 등으로 방학까지 고스란히 학생들을 위하여 희생할 수밖에 없는 실정이었다. 현직 교원들에게 대학원 진학을 권장하다 보니 방학 중 시간 운영에 애로가 많았다.

매년 방학이 되면 대여섯 명의 교사가 대학원 수강을 위해 학교를 비워야 하니 근무조 편성부터 보충수업 운영에 어려움이 있어 다른 학교 선생님을 특별 초빙하여 보충수업에 투입하기도 했다.

외국어를 지도하는 교사들에게는 해외 연수의 기회가 절실했다. 교원들에게 해외 연수의 기회가 적기 때문에 제도적인 뒷받침 없이는 연수 참여가 어려운 실정이다. 도 교육청에 사학교원도 연수 참여를 시켜달라는 건의를 지속하고 사회단체 등에서 시행하는 교원 대상의 해외 연수 기회가 있으면 서령고등학교 교원이 참여할 수 있도록 분위기를 만들어갔다.

　법인에서도 적극적인 노력을 해주어 재직교원의 연수 기회가 늘어나기 시작했다. 후에 예산을 교비로 편성하여 매년 7, 8명의 교원이 해외 연수를 할 수 있도록 제도적 뒷받침을 했다.

〈도내 최우수 고교로 선정된 후 교육감과 함께〉

　이렇게 교원들의 연수는 자신들의 능력 함양뿐만 아니라 학교의 분위기를 새롭게 바꾸는 역할을 했다.

　학교장이 구성원들의 연수를 적극 뒷받침하고 참여 교원들이 능동적으로 국내외 연수를 다녀와 학생들을 지도하는 능력이 높아지면서 서령고등학교 교육은 한층 학생과 학부모로부터 신뢰를 얻게 되고 자연스레 성적 향상으로 연결되었다. 타 시도에서 본교의 교육활동을 견학하기 위해 찾아온 많은 학교 선생님들이 본교 교원들의 대학원 이수 및 해외 연수 등에 큰 관심을 나타냈다.

　학교장도 학생지도와 교사에게 비전을 주기 위해 다양한 연수를 실시했다. 연수를 다녀온 후에는 반드시 연수록을 만들어 각종 미디어에 공개하여 구성원들이 함께 공유할 수 있도록 했다.

　서령고등학교에서 간행된 교과별 각종 참고자료들은 학생들의 참고자료로 활용되었고 도 교육청에서 도내 학교로 서령고등학교 사례를 소개하기도 했다.

열정의 강물

학교는 교사들의 열정이 모여 흐르는 강물이다.

마음의 문은 손잡이가 안쪽에만 있어서 자신만 열 수 있다.

교사가 학생들을 위해 어떤 노력을 할 것인가는 교사 개개인의 마음에 달려있다. 다만 학교 경영자는 교사들에게 하고자 하는 의욕을 불러일으키기 위한 다양한 노력이 필요하다.

교사를 대상으로 한 수업시간에 알차게 가르치는 몇 가지 사례들을 주기별로 연수를 실시하여 '관성의 저항'을 극복하도록 하는 것도 중요한 과정이다.

지식 교육은 결국 경험의 생략으로 학생들에게 주입되고 있기 때문에 교사, 교과서 중심에서 학생활동 중심으로 바꿔야 한다. 또, 시청각교구 중심으로 바꿔 재미있게 지도하는 것이 지식 습득에 도움이 된다.

공부하는 방법을 가르치는 것과 원리를 가르치는 것도 학력을 높이는 과정이며 교사는 학생들로부터 "성의 있는 선생님, 실력 있는 선생님"이라는 평을 들어야 한다.

학교현장에서 교원들에게 잘 가르치는 방법 등 다양한 연수를 끊임없이 실시하고 각종 연수기관을 활용하여 참여 혹은 사이버 연수를 한다. 교내에서 실시한 연수 내용을 참고로 게재한다.

사례. 교사 연수

브랜드 있는 수업을 위한 6가지 이야기

1. 교사는 학생을 가르치는 학생이다.

교사는 가르치는 사람이기에 앞서 가르치기 위해 공부하는 '학생'이다. 한 시간의 수업을 위해 얼마나 많은 시간을 투자하는가에 따라 수업의 완성도가 달라진다. 수업을 철저히 준비한 선생님의 얼굴에는 자신감이 넘치고, 수업 내용도 풍성하며, 학생들의 활동도 활발하다.

정성스런 학습지를 만들어주고, 확산적 발문을 준비하고, 사진 자료나 신문기사를 챙겨오고, 노트북에 플래시자료나 짧은 동영상을 담아오는 선생님의 수업은 생동감이 넘친다. 열심히 가르치는 교사에 대한 믿음이 학생을 수업 속에 끌어들여 수업의 효과를 높인다. 그리고 수업 연구에 몰입하는 교사의 노력에 대한 대가는 학생들의 우호적인 눈빛으로 되돌아온다. "수업은 수없이 업그레이드하는 것이다." 교사의 수업연구의 필요성을 일깨우는 말이다.

<실력 있는 교사가 되기 위한 연구 활동>

○ 교사 연구회 등을 조직하거나 가입하여 연구 활동을 한다.

○ 전문도서를 구입하여 읽고 주요사항을 노트에 메모해 둔다.

○ 클리어 파일에 교과 관련 신문자료 등을 스크랩하여 모아둔다.

○ 자신의 수업을 녹화하여 모니터링하거나 남의 수업을 자주 참관한다.

○ EBS 강의나 인터넷 동영상 강의 등을 시청한다.

2. 가르치는 것보다 더 중요한 것은 교사와 학생과의 관계이다.

교사와 학생과의 관계는 쌍방향적이다. 교사가 학생을 무시하면 학생은 교사를 받아들이려 하지 않는다. 학생의 신뢰를 잃은 교사의 수업은 집중력이 떨어지게 된다. 결국 수업 이전에 교사와 학생 사이에 어떤 관계가 형성되어 있느냐가 매우 중요하다. 여기서 바로 교사의 인간성이 제기된다. 학생들로부터 어떤 평판을 받는가에 따라 학생들의 수용 정도가 달라지고, 수업의 효과도 달라지기 때문이다.

교사의 학생에 대한 사랑, 진정성, 공정성, 이해심, 유머 감각, 인내심, 평정심 등이 교사가 갖춰야 할 인성적 조건으로 이야기된다. 학생들이 좋아하는 교사는 밝고 친절하며, 긍정적이고 학생들을 잘 이해해 주는 교사이다. 반면 소극적이고 까다롭고 불친절하고 부정적인 선생님의 수업은 가라앉아 있고, 활동적이지 못하다. "수업을 잘하려면 성격부터 고쳐라." 가혹한 말이지만 한 번쯤 생각해볼 말이다.

<학생과의 공감대 형성을 위한 교사 행동>

○ 언제나 자신 있고 밝고 따뜻한 표정을 짓는다.

○ 학생들과의 인사는 항상 밝고 친절하게 한다.

○ 학생들과 자주 이야기를 나누고 그들의 이야기를 경청한다.

○ 학생들의 장점을 발견하여 진심으로 칭찬한다.

○ 각종 행사 시 학생들과 함께하고 어려움을 도와준다.

○ 학생들을 편애하지 않고, 모두를 공정하게 대한다.

3. 수업의 기본을 지키지 않으면 수업을 잘못하려고 작정한 것이다.

수업은 한 시간 동안 학생과 교사가 소통하면서 학습목표를 성취해가는 과정이다. 학생을 움직여서 그들로 하여금 지식을 터득하도록 도와주는 작업이니만큼 반드시 지켜야 할 기본이 있다. 기본 가운데 가장 중요한 것이 수업의 단계를 지키는 것이다.

수업의 단계는 크게 [도입]-[전개]-[정리 및 평가]의 3단계로 나눌 수 있고, 이는 다시 ① [출석 점검 및 준비 확인], ② [전시학습 상기], ③ [학습동기 유발], ④ [학습목표 제시], ⑤ [본시학습 전개], ⑥ [형성평가], ⑦ [학습내용 정리], ⑧ [질의응답], ⑨ [차시학습 예고]의 9가지로 나눌 수 있다. 이상의 9단계는 교과나 학습 모형에 따라 약간씩 달라질 수 있으나 대부분의 수업에서 기본적으로 지켜야 할 사항들이다. 이것은 하나의 흐름이고 수업의 효과를 높이기 위한 룰rule이기 때문이다.

도입단계에서의 출석 점검 및 준비확인은 학생들에 대한 통제 차원에서 반드시 해야 하고, 전시학습 상기나 학습동기 유발, 학습목표 제시는 전개단계로의 자연스러운 이륙을 위해 필요하다. 또한 마무리 없이 수업을 끝내버리면 학습내용의 정리가 이루어지지 않고, 강화도 이루어지지 않기 때문에 학습의 파지 효과도 떨어지게 된다. 학습목표와 관련된 형성평가, 질의응답, 요약정리 등이 있을 때 개념의 정리나 지식의 체계화가 이루어지고, 학습내용의 명확성도 확보될 수 있다. '꼭 기억해야 할 것 세 가지', '마지막 꼭 한마디' '세줄 요약' '2분 정리' 등의 마무리 학습의 강조점을 깨닫게 하고, 학습한 내용이 기억에 오래 남게 만든다.

〈교원들의 연수장면〉

<수업 중에 지켜야 할 기본적인 것들>

○ 수업의 시작 시간과 끝나는 시간을 지킨다.

○ 앉아서 하지 말고 반드시 선 자세로 수업한다.

○ 긍정적이고 적극적이며 웃는 얼굴로 수업한다.

○ 학생들을 골고루 머물면서 쳐다본다.

○ 교사로서의 단정한 복장을 갖춘다.

○ 학생들 사이를 적절히 순회하고 격려한다.

○ 지나친 경어나 비속어를 사용하지 않는다.

4. 잘 가르치는 교사는 모든 것을 다 가르치지는 않는다.

전통적인 수업에서 교사는 선지자先知者나 전문가로서 다양한 지식을 말하고, 학생들은 그것을 전수받는 피동적인 입장에 있는 경우가 많았다. 요즘으로 말하면 끊임없이 파일을 다운로드 받는 것인데 우리가 살아가는 세상은 그런 고정적인 지식으로 풀어갈 수 있는 세상이 아니다. 그런 방식의 교육으로는 학생들의 창의력이나 문제 해결력을 키워주는 데 한계가 있다. 따라서 지식 생성 교육, 학생 참여적인 수업이 필요하다.

학생들이 가지고 있는 선행지식이나 인지구조를 가지고 외부의 자극에 따라 새로운 지식을 만들어 갈 때, 수업의 주인의식도 생겨나고, 자신감도 생기며 학습 효과도 높아진다. 따라서 학생들에게 모든 것을 다 가르쳐주지 않고, 적절한 자극을 가하고 과제를 부여하여 그들을 움직이게 하고, 생각하게 하여 지식의 전수자가 아닌

지식의 창조자로 만드는 수업방식이 필요하다. 즉 교사의 가르치는 교수활동과 학생이 공부하는 학습활동이 조화를 이뤄야 한다. '행함으로써 배운다Learning by doing'는 J.Dewey의 말을 생각해 볼 필요가 있다.

<학생 참여적인 학습 활동>

○ 찾아보기 / 다음 글에서 핵심적인 주제어를 찾아보자.

○ 비교하기 / 두 그림의 차이점에 대하여 말해보자.

○ 써보기 / 다음 글을 한 문장으로 요약해보자.

○ 그려보기 / 지금 학습한 내용을 마인드맵으로 그려보자.

○ 비판하기 / 이 주장이 과연 정당한 자에 대하여 말해보자.

○ 말해보기 / 이것이 현실이 된다면 어떤 문제가 발생할까에 대해 말해보자.

○ 풀어보기 / 이 문제를 3분 안에 풀어보자.

○ 따라읽기 / 우리 같이 한 번 읽어볼까요?

5. 실력 있는 교사는 쉽게 가르치는 교사이다.

"지금 무슨 말씀 하시는지 모르겠어요."

"너무 어려워요. 쉽게 좀 가르쳐 주세요."

수업 시간에 흔히 듣는 이야기다. 학생들은 교사의 설명이 무슨 내용인지 모르게 되면 수업에 흥미를 잃고 곧 다른 생각을 하게 된다. 따라서 학생들이 쉽게 이해할 수 있도록 가르치는 수업기술이 중요하다. 즉 학생의 눈높이에 맞게 쉬운 것부터 어려운 것으로, 기본적인 것에서 복잡한 것으로 단계를 밟아 가면서 가르치는 것이 중요하다.

"알기 쉽게 가르치는 선생님은 예를 잘 드는 선생님이다." 어려운 지식일수록 쉬운 예를 들 때 이해가 잘 된다. 특히 추상적인 용어나 개념을 이해시키기 위해서는 그에 맞는 설명이 필요한데, 그 설명의 핵심에 바로 실례가 있다. 주변 사람을 대입하든가, 일상생활을 예로 들거나 그림을 표현한다든가, 내용을 단순화하여 설명할 때 학생들의 이해도가 높아진다.

<수업시간에 사용할수록 좋은 말>
○ "예를 들면", "다시 한 번 말해서", "다른 예를 한번 들어보죠."
○ "여러분이 이 입장에 처한다면", "오늘날 이와 같은 일이 벌어진다면"
○ "요약해서 말하면","간단히 정리해보죠.", "핵심적인 내용은 이것이다."
○ "이해가 안 되는 것이 무엇이죠?", "묻고 싶은 것이 많을 텐데….", "아, 그렇군요."

6. 수업 시작 10분 안에 조는 것은 학생 책임이고, 수업 시작 10분 후에 조는 것은 선생님 책임이다.

교사가 아무리 수업을 많이 준비하고 쉽게 가르치더라도 상당수의 학생이 졸고 있다면 그것은 실패한 수업이다. 졸음에는 다음과 같은 몇 가지 원인이 있다. 교사의 수업이 역동적이지 못하거나, 수업 자체에 흥미가 없거나 수업 내용을 이해하지 못할 때, 외부로부터의 자극이 적을 때, 그리고 전날 수면이 부족할 때 등이다.

요즘 청소년들은 이른바 쿼터리즘Quarterism적 사고방식이나 '리셋 reset 증후군' 때문에 쉽게 싫증을 느끼고 집중력이 부족하다. 따라서 조는 학생을 나무라기에 앞서 졸음을 원천적으로 막을 수 있는 수업 운영방식이 필요한데 그 가운데 효과적인 것이 바로 스트레칭과 스 팟이다.

스트레칭Stretching은 신체동작을 통해 긴장감을 풀어주면서 분위 기를 전환하는 것인데 어깨 두드리기, 어깨 돌리기, 손뼉 치기, 머리 지압하기, 몸통 두드리기, 목 돌리기, 손목 돌리기, 눈 돌리기, 상대 방 어깨 주물러 주기, 일어섰다 앉기 등 다양한 방법들이 있다. 수업 중에 1~2분 동안의 스트레칭이 분위기를 새롭게 하고 선생님과 학 생 간의 친밀감을 더해준다.

스팟spot이란 방송 등에서 프로그램과 프로그램 사이에 삽입되는 짧은 뉴스나 광고를 가리킨다. 수업에서도 중간에 짧은 스팟을 사용 하면 수업 분위기가 밝아지면서 학생들의 적극적인 수업 참여를 유 도할 수 있다. 스팟의 예로는 짧은 개그나 퀴즈 맞히기, 학생이나 교 사의 개인기, 신기한 토막상식이나 동영상 시청 등이 있다. 수업은 학생들에게 있어 하나의 삶이다. 스팟은 삶의 메마름을 적셔주는 소 나기와도 같다.

이 밖에도 다양한 수업 집중 기술을 활용해야 한다. 말의 속도와 높이 조절, 스프링클러처럼 학생들을 골고루 쳐다보기, 학생들과의 스킨십, 적절한 쉼pause과 침묵 등이 그것이다.

○ 수업 중의 스팟 사례

○ 교사 자신의 개인기(성대모사, 표정연기, 마술 등)를 보여준다.

○ 개인기가 있는 학생들을 알아두어 수업 시간에 발표시킨다.

○ 수업과 관련된 흥미로운 사진이나 동영상, 플래시 등을 보여준다.

○ 인터넷의 유머사이트 내용을 인용하거나 패러디하여 이야기한다.

○ 교사 자신의 실수담이나 인간적인 경험담을 말한다.

(대전광역시교육청 이상수 장학관 초청 본교교사 연수자료 중)

교육 행정 지도자 과정 연수

　서울대학교 사범대학 부설 교육 행정 연수원에서 전국 초·중등 교장을 대상으로 실시하는 교육행정 지도자과정 연수에 참여할 기회를 얻었다. 국공립학교에서 교육장 등 전문직에 종사하기 위한 마지막 관문으로 인식된 본 연수에 사립학교 교장이 참여하게 된 것은 매우 이례적인 일이었다.

　충남 교육청의 추천으로 2005년 9월부터 12월 초까지 서울대학교에서 제89기 과정을 진행했다. '교육행정지도자과정'은 강력한 교육리더십을 지닌 교육 행정가와 초·중등 교육 지도자를 양성하는 데 목적을 두고 있었다. 특히 교육리더십의 핵심 능력인 정책지도성, 교수지도성, 경영지도성의 함양에 초점을 두고 있었다. 교육비 전액

제89기 교육행정지도자과정 (2005. 9. 5 ~ 12. 9. 서울대학교 사범대학부설 교육행정연수원)
이영근 이병직 성기룡 임수환 송인민 이영진 김용석 신병현 김종선 정종수 심수호 김일근 성동근 배현기 김재학 이성길
조영숙 장기숙 김경철 민병환 고법수 김기찬 조주병 성치화 이민성 박석관 최춘선 김동기 강선복 박일송 김인수 최희재 오법로
정영기 백일순 김한신 이종수 이영숙 백순근 곽효종 박성익 정 오 김민숙 이종호 고춘선 이병규 박병식 김재수 노양섭

은 도 교육청의 지원이기 때문에 많은 학교 교장들이 본 연수에 참
여하기를 희망하고 있었다.

약 3개월여에 걸쳐서 교육리더십 신장을 위하여 교육계의 저명
인사와 사계의 저명인사 특강, 국내에서 교육경영에 탁월한 다수의
학교 방문 및 토론을 통한 테마 연수, 유럽 각국의 선진국 학교 방문
및 국외 연수를 통한 집중 연수가 과정으로 되어 있다. 비합숙 연수
지만 강도가 매우 높아 학교 기숙사를 이용하는 교장들이 많았다.
연수 끝에는 연수 과정 동안 이루어진 토론 등 교육적 자기 성찰을 글
로 정리하여 교육 문집을 발간하여 현장에서 활용할 수 있도록 했다.

제89기 교육행정지도자과정 특강기념
서울대학교 사범대학부설 교육행정연수원
(2005년 10월 4일, 서울대학교 수의과대학 황우석 석좌교수, '생명공학과 미래의 삶')

특히 '학교장의 교육 칼럼', '교육지도성에 대한 나의 철학', '학교 현장의 문제와 과제' 등 3권의 단행본은 우리나라 교육이 지향해야 할 방향을 제시해 주고 있으며, 우리 교육에서 반추해 보아야만 할 과제를 담고 있다.

교육계의 최고위 교육행정지도자를 배출하는 우리나라의 유일한 교육행정 연수기관에 참여한 것은 학교 경영 및 교육 발전에 큰 도움이 되었다고 생각한다.

학교는 학생에게 기회 제공의 장소

늦은 밤이었지만 퇴근을 미루고 자신이 담임을 맡고 있는 학생과 손을 맞잡고 뭔가를 얘기하는 중년의 교사가 있다.

교육경력 30년 가까이 된 그 선생님은 뭔가를 신중하게 말하고 있으며 학생은 그 말을 경청하고 때론 고개를 끄덕이고 질문도 한다.

흔한 일은 아니지만 내가 근무했던 학교에서 종종 목격되는 상황에 선생님께 고맙고 아이에게 자랑을 느낀다.

한국의 교육 문제는 개선의 기미가 보이지 않는다.

교육부장관은 물론 대통령까지 나서서 교육을 직접 챙기겠다고 한다. 어느새 교육감, 교육장, 학교장, 담임교사를 비롯한 교육계인사들은 마치 피의자 같은 신세가 되어 뭇 언론이 비난하는 소리에 숨을 죽이게 된다.

얼마 전 일본에서 대학교수로 있는 고교동창생이 학교를 찾아왔
다. 오랜만에 만난 기쁨에 서로의 근황을 얘기하다 보니 자연스레
화제의 중심에 교육문제가 자리 잡기 시작했다.

45년 전의 일이다. 당시 우리의 교육환경이란 참 별것 아니었다.
전기조차 맘 놓고 쓸 수 없으니 「야간 자율학습」이란 단어조차 없었
다. 가끔 공부를 더 하기 위해 학교에 교실개방을 요구하면 선생님
으로부터 「집에서 해라」라는 답뿐이었다.

맘에 맞는 친구들과 집에 있는 책을 모아 입시나 교양에 필요한
것을 선별하고 부족한 것은 서점에서 월부로 구입하며 학교가 아닌
인근 산의 바위 위에서 책을 읽고 독후감에 대한 의견도 나누고 글
도 썼다. 오랜 세월이 지났지만 그때의 기억은 지워지지 않고 그때
읽은 책은 희미한 속에서도 추억할 기회가 되기도 한다.

고교시절 독서클럽에서 활동했던 지인들은 지금도 각자의 일터
에서 열심히 살았다.

교직에 30년 넘게 근무하며 지금은 제법 자신의 교육관을 펼칠 위
치에 있으나 대한민국 교육환경은 학교가 학생들에게 기회제공의
장소라기보다는 진학과 취업을 위한 도구로 전락하여 획일적인 경
쟁에 주력하고 있다. 그것도 암기 위주의 시험공부에 매달리고 세상
변화와 무관한 지식습득에 매달린다.

학교에 제공되는 기회는 어떻게 하면 성적을 효과적으로 올릴 수
있는가 하는 것뿐이다.

앞으로 대학입학 사정관제도가 도입되었지만 효과는 별로 크지

않아 시들해졌다. 다소 변화가 있을 수 있겠지만 「수능시험 EBS 교재에서 70% 이상 출제」 등 EBS 수능강좌를 또 다른 암기위주 학습에 매몰시킬 것 같아 걱정된다.

〈과학교과 실험장면〉

굳이 과거로 회귀하자는 것이 아니라 「학교는 학생들에게 기회 제공하는 장소」로 거듭나야 한다고 생각한다.

단위학교 구성원들이 지혜를 모아 학생들의 미래를 열어가도록 해야 한다.

지금처럼 이것은 이래서 안 되고 저것은 저래서 안 된다는 식의 공급자 위주의 사고방식에서 미래의 주인공인 수요자에게 무엇이 필요할까를 성찰하여 도와주는 것이다.

교육감, 장관, 대통령이 부르짖는 교육개혁도 중요하지만 교사와 학생의 믿음 속에 이루어지는 교육이 결국 이 나라 미래의 의미 있는 결실이 될 것이다. 분명한 것은 학교는 학생에게 기회를 제공해 주는 장소라는 것이다.

학생을 사랑하는 마음

최근에는 많이 줄어들고 있으나 여전히 학생들을 불안하게 하는 요소 중에서 가장 쉽게 발견되는 것은 교사나 선배들의 체벌이다. 학교현장에서 학생체벌과 관련된 문제는 오랫동안 해결되지 않은 지난한 문제이며 앞으로도 안고 가야 할 숙제인지 모른다. 교육의 효과를 거두기 위하여 체벌을 가하는 것은 그 역사가 교육의 역사만 큼이나 오래된 일이다.

어른들이 바람직한 행동의 기준을 정한 후 청소년들에게 그 기준에 따라 행동할 것을 가르치고 이를 어겼을 때 벌을 주는 것은 전통적인 교육방법의 하나였다. 지금도 교육현장에서 체벌과 관련된 각종 시비가 벌어지는 것도 그런 이유에서일 것이다. 간혹 체벌이 두려워서 순종하는 학생들도 있다. 간혹 성적향상을 위하여 매를 대는 교사도 있다.

체벌을 하는 교사들은 대부분 이렇게 학생을 바른길로 인도하기 위한 마지막 수단으로써 사회적인 규범을 몸에 익히도록 하기 위해 부득이하게 매를 들곤 했다. 그러나 간혹 일부 잘못된 이유로 매를 드는 경우도 있는데, 바로 화풀이 수단으로써 매를 드는 경우이다. 지도과정에서 쌓이게 마련인 좌절을 해소할 곳이 없어지자 체벌로써 학생을 인도하여 좌절감을 해소하려는 것이다. 그러나 이 역시 학생을 바른길로 인도하겠다는 사명감이 바탕에 있다는 것을 알아야 한다.

〈여행지에서 자유로운 모습〉

오래전 수학여행지에서 있었던 일이다. 학생들이 선생님 몰래 음주를 했는데, 자신의 주량도 모르는 학생이 술을 마신 후 구토를 하고 심지어 목구멍에서 피가 나오기까지 했다. 선생님 한 분이 그 학생을 무릎 위에 머리를 누인 후 안심을 시켜가며 응급차가 오기를 기다리는 모습을 본 적이 있다.

지금도 현직에 교원으로 근무하고 있는 그 선생님을 생각하면 저절로 존경의 마음이 든다. 자기 반 학생도 아닌데 고통을 겪는 학생을 위로하고 안심시키는 모습에서 참교육자의 모습을 발견했다. 체벌과는 거리가 먼 행동이었다.

체벌의 또 다른 이유는 짧은 시간에 즉각적인 효과를 거둘 수 있기에 사용한다는 것이다. 흔히 관찰할 수 있는 일이지만 벌을 주고 위협하면 학생들의 행동에 대체로 즉각적인 변화가 온다. 그러나 효과는 일시적인 것임을 우리는 안다.

〈자기 계발에 몰두하는 학생〉

질서가 흐트러지면 체벌을 가하지만 지속적인 훈련을 통해 지도하면 그것이 풍토로 정착된다.

서령고등학교 교사들이 테마식 수학여행 현장에서 학생들에게 배식을 해주고 나중에 학생들과 함께 식사하는 모습에서 학생과 교사 간에 신뢰를 볼 수 있었다. 뿐만 아니라 학교가 안정되고 학생들의 학력이 높아지며 교사 스스로 도서관에 장서를 기증하기도 하고 형편이 어려운 학생에게 등록금을 지원해주는 등 소리 없는 선행이 계속되었다.

그런 것들은 교원 스스로의 마음속에서 우러나와 할 수 있었고 그런 것들이 쌓여 명문의 틀을 만드는 기본이 되어가고 있었다.

해외 교육 현장의 견학

　해외 교육 현장의 변화하는 모습을 확인하고 좋은 점을 벤치마킹하여 우리나라의 교육 현장에 접목할 수 있다면 그것도 바람직한 현상일 것이다.

　학교장으로서 해외 교육 시찰을 다녀올 기회가 많았다. 재임 중 20여 개국을 53회 정도 다녀왔다. 아시아의 일본, 중국, 몽골, 대만을 비롯하여 10여 개국과 유럽의 프랑스, 독일, 스위스 등 7개국 그리고 세계 최고의 교육력을 자랑하는 미국 등이 내가 다녀온 국가다.

　각 국가는 나름대로 그 나라의 미래 운명을 교육에 걸고 있었다. 아시아의 일본은 말할 것도 없고 놀랍도록 변화하는 중국의 교육에 관한 관심은 한마디로 경이적인 수준이었다.

　과거 유라시아 대륙을 휩쓸고 호령하던 징기스칸의 몽골족은 지금은 수준이 낮은 편이지만 학교마다 교육의 발전을 위해 안간힘을 쏟은 것이 인상적이었다. 유럽 각국 역시 교육이 사회 생명을 지탱하는 중심임을 뚜렷이 인식하고 교육에 온갖 힘을 집중하고 있었다.

뉴질랜드에서 열흘 정도 체류하면서 나라를 지탱하기 위해서 어떤 자세로 교육하는지를 살펴봤다. 나라의 문화를 계승하고 융성하게 발전시키기 위한 각국의 노력은 치열했다.

연수를 마무리 하며
재미없는 천국, 즐거운 지옥

뉴질랜드는 호주에서 동남쪽으로 1,200km 떨어진 태평양에서 위치해있는 나라로 면적은 우리나라(남한)의 2.7배, 일본보다는 약간 작다. 두 개의 큰 섬인 북섬과 남섬으로 이루어진 이 나라의 경관은 푸르고 산악지역이 많으며 광활한

Maori Haka NEW ZEALAND

축산농지와 숲을 가지고 있다.

　　뉴질랜드인들은 자연과 깊은 관계를 가지며 아름다운 전원을 매우 큰 자랑으로 생각한다. 교원특별해외연수단의 일원으로 뉴질랜드를 향하여 8월 7일 중등 10명의 단원은 함께 인천공항을 출발, 이튿날 뉴질랜드 오크랜드에 도착했을 때는 현지 시각 정오(시차 3시간), 무려 11시간 30분 정도를 비행한 후다. 매우 피곤하겠지만 계절이 반대인 이곳은 겨울이란 호기심과 그럼에도 온통 초록의 대지에 남극의 아름다움 때문인지 단원의 얼굴이 무척이나 밝아 보였다.

　　우리가 도착한 시간 그곳 기온은 섭씨 11℃로 우리나라 봄 날씨쯤이랄까. 그곳 안내자의 인사를 받으며 가정 먼저 방문한 곳이 뉴질랜드 국립 해양 박물관이었다.
　　역사가 일천(?)한 이곳 뉴질랜드의 박물관은 초기 이민자인 마오리족의 삶을 엿볼 수 있는 내용 일부와 세계적으로 인정받고 있는 요트기술의 흐름을 알 수 있도록 전시해 놓은 것이 특징이었다.
　　이곳에서 요트선장과 럭비선수는 영웅 대접을 받는단다.
　　관심 깊게 견학하는 단원들의 눈빛에서 2세 교육을 담당한 교육자들의 진면목을 볼 수 있었다.
　　이어 시립미술관과 오크랜드대학 캠퍼스를 견학한 후 연수단원들의 상견례와 소감으로 뉴질랜드 첫날 일정을 마쳤다.

　　비 온 뒤의 오크랜드는 무지개가 여러 곳에 나타난다. 어렸을 때 보았던 무지개를 연상하며 이곳의 환경이 얼마나 깨끗한지 생각해 본다.

오크랜드 교육청이 우리의 첫 방문지였다. 남북섬을 통틀어 뉴질랜드 최대의 도시 오크랜드 교육청답지 않게 조그만 건물에 우리를 맞아준 장학관은 자그마치 656개의 초·중·고등학교를 관장하는 막강한(?) 위치에 있는 사람이었다.

그러나 그는 어떤 위엄을 갖추지도 않았고 형식을 중시하지도 않았다. 오직 뉴질랜드 교육 전반에 대한 소개를 OHP와 인쇄자료를 통해 소상하게 설명해 주었다.

〈오크랜드 교육청에서〉　　　　〈교육청 간부들과의 간담회〉

그곳 교육청의 모토는 「업적은 많이, 실패는 적게」라며 중앙정부가 모든 것의 Best는 될 수 없고 단위 학교에 행정 대부분을 과감히 이관했음을 강조한다.

그러나 정부는 뉴질랜드 교육의 가이드라인을 정해 학교장에게 주고 끊임없는 개혁과 변화를 추구하고 있음을 읽을 수 있었다.

21C를 주도하는 인간육성, 학습부진아 및 지체 부자유자에 대한 특별프로

그램 운영이 그곳 교육계에서 힘쓰는 내용이었다.

특히 뉴질랜드의 역사를 이룬 원주민 마오리인들에 대한 배려는 뉴질랜드가 풍부한 신화와 전설문화를 중시하는 일면이었다, 강한 예술전통과 다채로운 설화 역사를 지닌 넉넉함을 엿볼 수 있는 계기가 되었다.

권위적이지 않고 교육현장을 도와주려는 소박함. 그러나 실수를 되풀이하는 것을 용납지 않는 단호함이 그곳 교육청에서 받은 인상이었다.

연수 4일째 되는 날, 그린베이 하이스쿨을 찾았다.

초등학교는 1학년에서 8학년까지 계속된다. 학교에 따라서는 7학년과 8학년을 별도의 중학교로 분리하여 운영하기도 한다.

〈초등학생들의 모습〉

중등학교는 9학년에서 13학년까지인데 학교 이름을 중등학교(secondary school), 고등학교(high school), 칼리지(college), 에어리어 스쿨(erea school) 등 다양하게 부른다.

공립학교인 그린베이 하이스쿨은 「살아있는 나무는 무럭무럭 잘 자란다」는 교명에 내포된 뜻이 있다는 것이 대외 담당 교감선생님의 설명이다. 그린베이 하이스쿨에는 다른 학교보다 한국에서 유학을 온 학생들이 비교적 많았다.

그곳에 재학 중인 한국 학생들로 하여금 한국에 대한 좋은 기억을 가졌다는 선생님은 한국의 우수학생 및 학부모를 많이 만났음을 말해주었다.

그 학교에는 많은 해외 유학생들이 있었는데 이유인즉 「뉴질랜드가 섬나라이기 때문에 학생들을 우물 안의 개구리로 만들지 않기 위해 세계 각국 학생을 유학생으로 받아 자국의 학생들에게 꿈을 키워준다」고 했다.

〈그린베이 고교 앞에서〉

공립학교인지라 대부분의 학생이 무상 교육을 받지만 한국 유학생의 경우 1년에 우리 돈으로 약 3,000여만 원의 등록금이 필요한 것이 그곳 학교 재정에 기여하는 것은 아닌지?

학교시설을 찬찬히 둘러보았다. 적절한 장소에 적당한 크기의 다양한 교실에서 선생님의 지도를 받아 열심히 공부하는 학생들. 혼신의 힘을 다해 학생들을 지도하는 선생님들.

세상에 걱정이 없다는 이곳 뉴질랜드에서 이렇게 열심히 공부하는 까닭은 무엇인가?

「노력하면 이루어진다」는 도전 정신을 고취하기 위해 진지한 모습으로 학업에 열중하는 고등학생들의 모습이 뇌리를 스친다.

이어 방문한 블랙하우스베이 인터메이드 스쿨은 앞에서 소개한 7, 8학년을 가르치는 별도의 학교인데 학교장의 학교경영 의지가 매우 강해 보였다. 학교를

〈그린베이스쿨 체육관〉

구성하는 이사회의 이사들을 설득하여 학교 환경을 개선하고 「뉴질랜드의 넉넉한 모습」을 보이겠다는 꿈을 얘기한다.

역시 다양한 시설 속에서 학생들은 실생활에 필요한 기술을 교실 속에서 배우고 있었다. 목공실, 가사실, 컴퓨터실, 체육실 등등.

우리의 7차 교육과정 운영이 왜 문제가 있나를 알 수 있는 계기가 되었다. 다양한 교육과정을 운영할 시설도 없이 과정만 만들어 놓지 않았나?

그곳도 학생들의 학력신장과 인성함양에 주력하고 있다. 부진아의 학력을 높이기 위해 교사들의 노력을 강조하고 있었으며, 바른 인성을 키우기 위해 「모든 학생이 알아야 할 것과 모든 부모가 알아야 할 것을 지속적으로 교육」하며 훌륭한 행동을 한 학생에게 보상을 주는 다양한 방법을 강구하고 있었다.

유학생, 특히 한국에서 유학 온 학생들이 관심의 대상이었다. 그 학교에도 한국에서 온 유학생 14명이 재학 중이었는데 한국의 「모 영어교실」과 자매결연을 하여 학생을 공급(?)받고 있다고 한다.

그런데 그곳에서 본 한국 유학생의 표정이 왠지 그늘지고 어둡게 보이는 것은 나만의 생각일까.

우리나라 교육열은 뜨겁다. 특히 초·중등학생의 조기 해외 유학이 급속히 이루어지는 것과 관련하여 깊은 검토를 해야 할 것 같다.

연수 5일째 연수단은 바람의 도시 웰링턴을 찾았다. 색다른 도시의 풍경에 넋을 잃었는데 우리가 탄 버스는 호텔 세미나장에 도착했다.

본래 뉴질랜드 교육부 방문이 계획되어 있었지만, 그곳 사정으로 교육부 방문 대신 호텔에서 그곳 교육의 현황에 대하여 설명을 듣게 되었다.

소개되는 교육 현황에 대한 다양한 자료 준비와 담당자들의 친절한 안내를 받으며 교육 서비스가 왜 중요한지를 느끼게 되었다. 교육 내용은 본문에 소개되었기에 생략한다.

다만 정규학교 교육의 품질 보장을 위한 교육감사원(EKO), 학력평가청(NZQA), 교사위원회 등은 정치, 경제에 예속되어 황폐화되어 가는 우리나라 교육현실에 비추어 볼 때 교육이 정치와 분리되어 운영되어야 함을 명백히 보여 주었다. 한국의 정치 지도자와 교육의 지도자들이 교육의 미래를 위해 깊은 숙고가 있기 바랄 뿐이다.

웰링턴 2일째 연수단은 국회의사당, 성공회 대성당, 박물관 등을 견학한 후 그곳의 명문 사립 고등학교인 「스코츠 컬리지」를 방문했다.

스코츠 컬리지는 1919년 개교한 남학교로 「럭비」의 명문고였으며 세계 각국으로부터 유학생을 유치하여 교육함은 물론 그들로 하여금 인터네셔널 클럽을 조직하여 운영하고 있었다.

마침 한국유학생인 「방모」군이 그 학교의 학생회장으로 활동하고 있었다. 조국에 대한 애국심이 깊은 청년이었다. 그와 인터뷰하며 오랜만에 나라의 미래를 보는 듯하여 기뻤다. 그는 스코츠 컬리지에서 공부를 끝낸 후 영국으로 유학, 그곳 대학에서 경제학을 공부한 후 세계은행에서 일을 하고 싶다는 포부를 밝혔다. 학교장을 비롯한 교직원의 사랑을 듬뿍 받는 것 같아 보기가 좋았다.

스코츠 컬리지는 1년부터 13년까지의 학생 즉, 초·중·고교가 혼합된 학교로 종교적 이상 실현을 위해 설립된 학교다.

역사관에는 백 년 가까운 빛나는 역사적 사실을 전시하고 기록하여 재학생과 졸업생들에게 긍지를 심어주고 있었다. 기숙사를 비롯한 특별실이 공립학교보다 잘 구비되었고 깨끗하게 관리된다는 점은 우리나라의 사립학교와 비슷하다고 느꼈다.

특히 학교 구조가 다양하게 되어 있어 학생과 교사들이 함께 활동할 수 있는 공간이 많았고 「자유로운 사고(思考) 속에 자유로운 행동(行動)이 나온다」는 미래상을 제시하고 있었다.

바람의 도시 웰링턴을 떠나 남섬의 최대 도시이자 가장 영국적이라는 크리이스트쳐치에 도착했다.

남섬은 교육의 도시로 세계적으로 알려진 캔터베리대학과 링컨대학이 있으며, 도시 계획이 영국인들에 의해 이루어져 지명을 정착민들의 출신대학교명을 따라「크라이스트쳐치」라 불리게 되었다고 한다.

　　뉴질랜드 어디를 가든 녹지와 정원으로 이루어졌듯 이곳도 아름다운 초지와 잘 가꾸어진 나무로 도시 전체가 이루어졌다.

　　연수단 일행은「싸인오브타카야」전망대에서 크라이스트쳐치를 살펴보며 남 태평양이 보이는 탁 트인 전망과 저 멀리 흰 눈 가득한 설산을 보며 남극의 이미 지를 만끽했다.

　　학교방문의 마지막은 ST. MARGATS COLLEGE였다.

　　이 학교는 성공회에서 1910년 개교하여 1학년부터 13학년까지의 학생들이 재학 중인 학교인데 교장 선생님께서 학교 현황에 대하여 자세히 설명해 주었고 학생들이 학교 안내를 맡아 구석구석 견학을 시켰다. 교직원은 물론 학생들도 학교에 대한 지극한 사랑이 엿보였다.

학생들은 쾌적한 환경 속에서 자신의 기능을 신장시키기 위해 최선을 다하고 그들을 도와주는 선생님들의 진지한 모습이 뇌리를 떠나지 않는다.

각종 실험·실습실이 완벽하게 갖추어졌으며 다양한 교육 프로그램을 적용하여 활동하는 모습이 매우 인상적이었다.

특히 건강관리실, 작곡실, 사진암실 등 전문성을 신장하는 특별실은 이곳 교육이 지향하는 점이 무엇인가를 알게 되었다.

크라이스트쳐치에는 「에이본강」이 흐른다.

우리 일행은 엄청난 강인 줄 알았는데 폭이 5미터쯤 될까, 시내였지만 맑은 물이 흐르고 그곳 시민들에게는 꿈이 있는 강이라니….

아쉬운 점.

우리말을 못하는 한국유학생.

영어는 어느 정도 되는데 한국말을 못하는 유학생들이 너무 많다고 한다. 특히 조기 유학생이 더욱 그렇다고 한다.

뉴질랜드 연수 7일째 되는 날.

우리는 장거리를 운행할 버스에 올랐다.

계속되는 학교 방문 및 세미나 등으로 지칠 법도 한데 강인한 체력의 소유자들인 단원들 모두 건강하였고 생기를 잃지 않았다.

우리가 찾아가는 곳은 퀸스타운과 밀포드사운드.

우리에게 주어진 일정 가운데 유일한 관광코스이다.

지구상의 아름다움의 집결체. 산, 강, 바다, 빙하, 협곡 그리고 비취색의 호수가 있는 남섬 중 관광의 보고라 일컫는 퀸스타운.

끝이 없는 캔터베리 평야, 그곳엔 양과 말과 소와 사슴뿐이었다.

〈와카티프 호수〉

몇 시간 만에 나타나는 도시에는 인구가 1,000~1,500명 정도 거주하는 곳이지만 모두 다 자연 의미 그대로 아름다움을 갖춘 곳이었다.

말(馬)이 많이 생산된다는 애시버턴, 예술가들이 집단을 이루어 사는 제너딘, 목재생산도시 페어리 그리고 비취색이 절정을 이루는 데카포 호수, 푸카키 호수 등 만년설의 빙하가 녹아내리는 신비로운 모습에 연수단 모두는 아름다운 정취에 깊이 빠져들어 간다.

버스로 이동 중, 과수단지로 유명한 크롬웰에서 잠시 쉬며 그곳에서 생산되는 맛있는 사과도 맛보고 오후 늦게 그림 같은 도시 퀸스타운에 도착했다.

퀸스타운, 그곳은 아름답고 평화로운 남섬 중에서 울창한 산림에 둘러싸인 환상적인 와카티프호반이 있다. '여왕의 도시'라는 애칭으로 유명한 그곳에서 케이블카를 타고 정상에 오르면 퀸스타운의 시가지가 한눈에 펼쳐진다.

그림이 이만큼 아름다울 수 있을까. 일행 모두 감탄을 연발한다.

우리는 여정 마지막 날 밀포드사운드를 가기 위해 일찍 잠자리에 들었다.

교육부에서 주관한 뉴질랜드 중등해외연수단 10명, 단장을 비롯한 단원 모두 훌륭한 매너와 규칙을 잘 지켜 아무런 문제없이 일정이 마무리되어 간다. 뉴질랜드에 유학 온 한국 청소년의 실태도 파악하고 학교 운영위원회가 잘 정착된 이곳의 실정을 살펴 우리나라 교육현장에 알리기 위해 실시하는 연수다. 각도에서 우수 학교 교장 중 선발된 자긍심 때문인지 모두 다 최선을 다해 배우려는 의지가 대단하다. 국가에서 예산을 투입하여 시행하는 이번 연수의 의미가 매우 크다고 생각한다.

밀포드사운드는 우리와 만나기를 꺼렸다. 기상악화(폭설)로 3시간여 달린 보람도 없이 저 멀리 보이는 목적지를 뒤로하고 되돌아오는 우리들은 내일도 모래도 비행기가 뜨지 못해 귀국이 늦어질 것이란 예상도 못한 채 와카티프 호수를 운항하는 관광유람선에서 우리 노래 「사랑해」와 「포카레카레」를 피아노 연주자의 선창에 따라 열심히 불러댔다.

내가 볼 때는 큰 눈도 아닌 적설량인데 그곳 항공사에서는 정기 비행노선을 캔슬시켜 이틀 동안 일정이 지연되는 결과가 되었다. 안전을 중시하는 뉴질랜드 사람들에게 새삼 존경심이 생겨났다.

이틀이란 시간은 매우 지루했다. 지루한 시간을 달래기 위해 지혜를 모아 찾았던 「어드벤처」시리즈, 우리들의 겁먹은 모습을 즐기던 운전안내자, 반지의 제왕 촬영지를 투어하며 눈 속의 아름다운 설경과 산악지대를 무섭게 질주하던 자동차 속에서 두려움으로 떨던 시간.

아마 스키폴캐년의 모험(?)을 오래 잊지 못할 것 같다.

퀸스타운의 스카이라인에서 「캄마태, 캄마태」를 외치던 마오리 공연단의 박력 있는 율동이 뉴질랜드의 힘의 원천은 아닌지 생각된다.

뜻하지 않은 기상 악화로 이틀씩이나 퀸스타운에 발이 묶였을 때 학교 걱정에 깊은 한숨을 몰아쉬던 연수단의 모습이 한국교육의 미래라 생각하니 미소가 저절로 나온다.

역동적인 대한민국 교육을 이끌어 나가는 주인공의 모습이다.

끝까지 성원을 아끼지 않으신 교육부와 국제교육진흥원 관계자 여러분께 고마움을 전한다.

(본고는 필자가 작성한 보고서 요약본이다.)

학교 변화의 시작

학교장 취임 이후 왜 우리가 학생들을 「유일한 한 사람을 키워야 하는지」에 대하여 끊임없이 반문하고 실천한 것과 「서령 1, 2, 3, 4 운동」을 전개하기 위하여 시설을 현대화하고 학생들의 자존감을 높이기 위한 생일잔치 베풀기, 다양한 특기활동을 진행하였지만 중요한 것은 교직원들의 변화가 관건이었다. 학교장으로서 몇 가지 철학적 신념을 확고히 하기 위하여 교직원, 학부모, 동창생, 지역인사, 언론 그리고 교육청과의 유대강화에 힘쓰기 시작했다.

교직원들에게는 학교의 교육은 학생만을 위한 활동으로 진행할 것을 강조했다. 우리가 한 모든 행동이 학생들을 위한 최선의 것인가를 확인하고 학생들의 인성함양과 학업성취에 대해서 관심을 갖

〈재경 고대 동문들의 홈커밍 행사 (뒷줄 오른쪽 두 번째 조한홍 미래에셋 대표)〉

자는 것이다.

학부모에게는 누구보다 소중한 자녀를 절대 차별하지 않고 모든 학생에게 공평한 지도로 학업성취는 물론 건강한 아이로 자라게 하겠다는 것이다.

동창생들에게는 학교는 동문의 뿌리로, 학교의 울타리로 학교 발전에 기여해야 함을 인식하고 학교의 모든 변화 발전 상황뿐만 아니라 부족한 분야까지 공개하고 협조를 받겠다고 했다.

지역인사에게는 교육이 지역과 국가발전의 원동력임을 인식하고 모든 학생의 흥미와 욕구를 충족시키기 위한 예술, 스포츠, 과학 그리고 직업에 이르기까지 다양한 지원을 요구한다는 것이다.

언론에게는 학교의 성공적 발전을 위하여 적극적인 협조를 요청

하고 학교도 매체를 피하거나 부정적으로 보지 않고 학교의 교육성
과를 밖으로 알리기 위한 협력을 요구하게 될 것이다.

〈성모회, 서사모 임원의 학생 격려〉

교육청 및 각급기관에게는 사학에 대해 차별대우를 하지 말 것과
관료적이고 사무적인 관습에서 탈피하여 지원자의 역할을 해줄 것
을 기대한 것이다.

이런 일련의 의식적 변화는 「학생을 주인으로」 섬기겠다는 서령
고등학교 구성원들의 다짐이자 학교를 가꾸는 사람들에 대한 당부
이기도 했다.

제3장

교육의 승리

쾌적한 학교시설

새천년에 들어서 서령고등학교의 교육환경은 한마디로 놀랄만한 변화를 겪었다. 널찍하고 웅장한 교문을 들어서면 잘 포장된 도로가 현관까지 연결되고 길옆에 조성된 아름다운 조형물과 아기자기한 조경시설이 학생들에게 편안함을 주는 등하굣길 공간이다.

소망의 탑, 높이 솟는 기상탑 등 동문의 혼이 담긴 탑들과 송파수련관의 위용, 기숙사, 도서관, 과학관을 비롯한 각종 부대시설이 학생들의 교육활동에 손색없는 환경을 구성하고 있다.

과학실에는 최첨단의 실험실과 준비실이 갖춰져 있고 음악실에는 오디오시설 및 방음이 완비되어 음악 활동은 물론 특기교육을 실시함에 부족함이 없도록 꾸며졌다. 미술실, 컴퓨터실, 기술실, 가사실, 방송실, 시청각실, 보건실 등 적재적소에 꼭 필요한 시설들이 잘 갖추어졌다. 대운동장과 과학관 뒤에 건립된 8면의 테니스코트, 농구장이 학생들을 기다리고, 체육관 안에는 국제규격의 핸드볼 경기를 할 수 있는 2층 규모의 시설, 전교생이 영화를 관람할 수 있는 영상시설, 이 모든 것은 법인에서 학생들을 위하여 만들어 준 것이며 교육청에서는 각종 예산 지원을 하여 학생들이 교육활동을 받는 데 부족함이 없는 환경을 조성해주었다.

〈현대화된 학교시설을 살펴보는 범인이사장, 서산교육장 등〉

동창생들의 학교에 관한 관심이 매우 컸다. 후배들의 면학 분위기를 북돋워 주기 위한 자발적인 후원에 많은 동문이 동참했다.

학습 지원 센터에 장서 기증 운동을 적극적으로 펼쳐 새로운 책을 구입해주었다. 미국에 있는 양규철고2회 펜실바니아 대학교수는 중등학생이 볼 수 있는 원서 수백 권을 배와 항공편으로 보내주었다.

허흥식8회 교수도 장서 수백 권을 도서관으로 보내왔다. 그 밖에 많은 동문이 장서기증에 동참했다.

과거 학교는 강당이 없어 교실 몇 칸을 터서 졸업식, 입학식을 했고 냉방시설이 없어 찌는 듯한 여름이면 선풍기 한두 대로 50여 명이 넘는 학생들이 버텨냈는데 지금은 쾌적한 냉풍기와 온도 습도가 자동으로 조절되는 환경 속에서 공부할 수 있으니 참으로 격세지감을 느끼게 된다.

〈학교 시설 완공 후 테이프 커팅〉

서령고등학교는 내부시설뿐만 아니라 외관 또한 참으로 아름답다. 4계절 모두 나름대로 훌륭한 정취가 있다. 봄에는 온갖 꽃들이 학생들을 맞이한다. 특히 본관 앞 등꽃은 서산의 명물로 자리 잡아 방문객에게 기쁨과 즐거움을 주고 가을에는 예쁜 단풍잎들이, 겨울에는 시민의 산 옥녀봉을 배경으로 주변의 설경이 보는 이의 마음마저 편안하게 한다. 이런 아름다운 환경 속에서 생활하는 학생들에게 교육 과정을 운영하는 것은 매우 의미가 있으며 교육과정 습득 이외의 효과가 있는 것이다.

골든벨을 울리다

〈도전 골든벨〉은 한국 방송공사의 KBS 1TV에서 일요일 저녁 7시 10분부터 밤 8시까지 방영하는 대한민국의 청소년 고등학교 대상 퀴즈 프로그램이다. 고등학생을 대상으로 하여 매회 전국의 고등학교 대표 100명이 참가한다.

1998년 10월 16일 〈접속! 신세대〉가 이 프로의 전신이며 1999년 10회부터 〈골든벨〉 코너를 시작했고 이후 지금가지 프로그램 전체를 학생들이 앉아서 문제를 푸는 형식으로 바꾸어 시행하고 있는 청소년 대상 장수 프로그램이다.

"문제가 남느냐 내가 남느냐 도전 골든벨."이 이 프로의 슬로건이다.

서령고등학교는 2004년 3월 17일 제218회 〈도전 골든벨〉에서 이윤수(현재 변호사로 재직) 군이 제38대 골든베러로 등극하였다.

〈제38대 골든베러 이윤수 군에게 삼성그룹임원이 장학금지급〉

서령고등학교 학생들이 골든벨에 관심을 갖기 시작한 것은 2001
년 학생회 건의에서부터 시작되었다. 일부 선생님들도 학생들에게
용기를 주며 도전을 적극 권장하였다.

하지만 2001년 학교의 사정은 여의치 못했다. 학생들이 자유로운
공간에서 책 한 권 읽을 수 있는 도서관 시설이 없었다. 〈골든벨〉 도
전은 마음만 가지고 되는 것이 아닌 실력이 뒷받침되어야 하는데 대
학 진학률은 상승하고 있었지만 전교생의 독서 풍토 조성은 미흡한
실정이었다.

학교에는 학생들이 자유롭게 독서할 수 있는 공간과 다양한 서적
을 갖출 공간이 필요했다.

2001년 충청남도 교육청에서는 도내 사립 고등학교의 시설을 개선하고 사기진작을 위해 '사립 고등학교 종합평가' 제도가 생겼고 최우수 학교에는 2억 원의 시설개선비를 인센티브로 주겠다는 공문을 받게 되었다.

전체 교직원의 노력으로 서령고는 '최우수학교'로 선정되어 꿈에 그리던 학습 지원 센터를 갖게 되었다.

2002년 7월 충청남도 교육감을 모시고 도서관 기능과 멀티미디어 협력 학습이 가능한 학습 지원 센터의 기공식이 성대하게 열렸다.

도서관의 장서는 학교예산, 총동창회 후원, 그 밖에 독지가들의 도움으로 2만 권이 넘는 신서로 가득 찼다. 학생들이 참으로 좋아했다. 점심시간에는 책을 대출받기 위한 행렬이 현관 밖에까지 이어졌다.

〈골든벨 마지막 문제 출제하는 필자〉

이렇게 면학 분위기가 조성되면서 해가 바뀌어 골든벨 도전을 확정했다. 2003년 12월 서령고등학교 골든벨 도전 녹화가 2004년 3월 17일로 결정되었다는 KBS의 연락을 받고, 본격적인 골든벨 녹화 대비에 들어갔다.

골든벨 녹화는 3월 17일 아침 9시경부터 시작되었다. 진행방법

〈골든벨 격려하는 서산시장 및 교직원〉

은 지금과 별반 다르지 않았다. 50개의 문제가 출제되며 학생은 문제를 듣고 답을 자신의 답안판에 써준다. 문제를 맞히지 못한 학생은 장외로 나가게 되며 문제를 풀수록 살아남는 사람의 수는 적어진다. 마지막 남은 1명을 "최후의 1인"이라고 하며 최후의 1인이 마지막 50문제를 다 풀면 "골든벨"을 울릴 수 있고 "명예의 전당"에 이름을 올리게 된다.

'도전 골든벨'의 주인공 이윤수서울법대졸. 변호사 군의 당시 소감문을 본인 동의를 얻어 게재한다.

도전, 좌절, 환희 그리고 영광!

3월 17일 'KBS 도전 골든벨' 프로그램 촬영이 우리 학교에서 있었다.

늘 TV로만 보던 프로그램에 우리 학교가 주체가 되어 나온다는 설렘과 나가서 잘할 수 있을까 하는 불안감과 긴장감이 나를 감쌌다.

그 날은 차라리 축제였다. 전교생을 비롯해 선생님들과 학부모님들까지 체육관을 가득 메웠고, 그들이 뿜어내는 응원 열기는 이른 봄의 꽃샘추위를 몰아내기에 충분했다.

드디어 수많은 분의 기대 속에, 우리 학교 밴드 '매너모드'의 화려한 공연으로 골든벨 녹화는 시작되었다.

1번 문제. 최원정 아나운서가 읽어 준 문제는 시소(see-saw)를 영어로 쓰라는 것이었다. 첫 번째 문제부터 찾아온 우리 학교의 위기. 무려 53명이나 1번 문제의 벽을 넘지 못하고 탈락해 버렸다. 한 문제를 풀어갈수록 탈락하는 아이들이 늘어나 12번 문제에서 10명만이 남게 되었다. 너무 빨리 패자부활전을 갖게 된 불안감에 이러다 학교 망신만 시키는 것이 아닌가 하는 걱정이 들기 시작했다. 우리를 살려주기 위해 나오신 열 분의 선생님! 담임선생님이신 하마 선생님부터 페트병 세우기가 시작되었고, 여덟 분의 선생님들께서 성공하셔서 총 60명의 학생이 다시 도전하는 기회를 얻게 되었다. 계속해서 이어진 선생님들의 열정적인 응원 무대는 잠시나마 갖고 있었던 우리들의 막연한 불안감을 해소시켰고 이에 힘입어 우리는 다시 힘차게 출발하였다.

우리 출전자 모두는 또다시 한 문제 한 문제 최선을 다해서 풀어나갔다. 문제를 풀다 지칠 때는 친구들과 후배들이 보여준 열띤 공연과 재치 있는 말대답에서 힘을 얻곤 했다.

<중략>

이제 남은 건 남균이와 나, 둘뿐이었다. 그리고 맞이한 40번 문제는 불교의 기본 사상을 물어보는 것이었다. 지금 생각해보면 이 순간이 최대의 위기였다. 정답에 대한 확신을 갖지 못한 채 나는 '업'이라고 적었고, 남균이는 '공'이라고 썼다. 둘 다 틀리면 서렵고 골든벨은 여기서 종료한다는 김홍성 MC의 말에 체육관은 순간적으로 정적이 감돌았다. 드디어 최원정 아나운서의 입에서 나온 정답은 「업」이었다. 결국 남은 우리 학교의 최후의 1인, 그 1인이 '나'라는 기쁨보다는 혼자 남았다는 부담감이 나를 더 억눌렀다. 그때 학생회장단이 최후의 1인을 위한 퍼포먼스를 시작하였다. 체육관에 있던 모든 사람이 일어나 응원을 해 줄 때는 혼자라는 부담감이 사라지고 나도 골든벨을 울릴 수 있다는 자신감이 생겼다. 나와 함께 할 도우미로 끝까지 같이 풀었던 믿음직한 친구 남균이를 선택하였다. 비록 혼자 남았지만 남균이가 있어 든든했다. 이렇게 마음이 안정되어서 그런지 41번부터 49번까지는 그 전보다도 쉽게 넘어갈 수 있었다. 드디어 도달한 마지막 골든벨 문제. 내 앞에는 도!전!골!든!벨! 이 다섯 글자가 쓰인 문제지 통이 놓여 있었다. 옆에 앉았던 친구 태효의 의견에 따라 노란색 '전!'을 선택하였다. 마지막 골든벨 문제를 푸는 자리까지 가는 동안에는 아무 생각도 나지 않았다. 그저 자리에서 일어나 있는 모든 친구와 후배 그리고 선생님을 보며, 이 모든 사람의 기대에 부응하기 위해서라도 꼭 골든벨을 울리겠다는 다짐만을 마음에 담았다.

골든벨 문제는 교장선생님께서 읽어 주셨다. '황석영의 소설 객지의 배경이 된 사건을 쓰시오'. 나는 이 소설을 읽어보지 않았기 때문에 배경 역시 알 수 없었다. 막막했다. 아무런 답도 쓰지 못한 채 시간만 흘러갔다. 김홍성 MC가 10초를 센다고 하였다. 10, 9, 8, … 그 순간 문득 뇌리에 떠오른 답을 적고 판을 들었다. 답에 대한 자신은 거의 0%에 가까웠다. 정답 발표를 기다리며, 많이 아쉬웠지만 최선을 다했기에 후회하지 말자고 스스로 약속했다. 그리고 교장선생님께서 답을 발표하는 순간. 나는 답을 미처 다 듣지도 못한 채 달려오는 아이들에게 마주 달려갔다. '전태일 분신 사건' 내가 쓴 답과 일치한 것은 그야말로 기적이었다. 오랜 시간 촬영을 하느라 힘들었지만 골든벨을 울린 이 순간에 느끼는 기쁨은 이루 말할 수가 없었다. 그리고 끝까지 함께 자리에 있어주었던 모든 친구와 후배, 선생님께 감사했다. 이러한 영광을 받을 수 있었던 건 나에게 운도 많이 따라주었지만 끝까지 함께한 모든 사람의 바람이 이루어낸 결과라고 생각했다.

골든벨을 울린 후로 많은 시간이 지났지만 2004년 3월 17일, 이날은 나에게 있어서나 우리 학교에 있어서 영원히 기억에 남을 추억이 될 것이다.

이윤수 군 글

도전 골든벨!

이윤수 군이 골든벨을 울리는 순간, 학교구성원은 물론 녹화장에 있던 많은 시민들까지 전율하고 감격했다. 마지막 문제 출제를 하고 답변을 기다리는 순간 학교장인 나는 만감이 교차했다. 그러나 나는 이윤수 군과 모든 학생들을 믿었다. 도서관에서 교실에서 열기 넘치던 면학의 순간을 상기해 봤다. 결국 해냈다. 믿음이 확신으로 그리고 현실이 되었다.

실황이 전국에 방송되던 날, 관계인뿐만 아니라 전국의 많은 시청자들의 격려전화는 학교의 위상을 강화시켜주고 학생들에게는 자신감을, 지역주민에게는 기쁨을 주는 계기가 되었다.

승전보의 산실 — 카누부

「한국 카누 명문 서산 서령고 카누부!

올해 전국 체전에서도 금물살 가른다」

매년 전국 체육대회를 앞두고 지역 언론사에서 체육대회 출전 학교 탐방 기사 제목으로 뽑힌 서령고등학교 카누부의 자랑스러운 머리기사다.

실제로 2000년 부산 전국 체전을 필두로 2011년 전국 체전에 이르기까지 충청남도 대표로 전국 대회에 출전한 서령고등학교 카누부는 모두 정상에 오르며 충청남도가 전국 체육대회 상위권에 오르는 데 이바지했다.

카누부는 전국에 팀이 많지 않아 1년에 전국 대회로 네 차례정도 참가한다. 부여 백마강에서 치러지는「백마강배」전국 카누 경기대회

를 비롯해 「회장배」전국 카누 경기대회, 전국 선수권대회, 그리고 전
국 체육대회가 있다. 모든 대회가 그 성격과 전통이 있는 대회지만
결국 전국 체육대회를 위한 준비 과정의 하나로 생각된다.

서령고 카누부는 양준모 감독이 창단감독으로 부임한 이후 상홍
리 저수지를 연습장으로 사용했다. 접안 시설도 부족하고 선수들이
쉴 곳도 없었다. 그때 서령 동문 박동설청송갈비 사장의 배려가 큰 힘
이 되었다. 선수들의 휴식처 제공은 물론 때때로 간식 제공, 샤워실
설치 등 초창기 카누부 후원에 절대적인 도움을 줬다. 성모회 회원
들이 중심이 된 카누부 후원회와 동문회의 뒷받침과 서산시청, 충청
남도 교육청의 예산지원이 절대 강자 「서령카누」를 만들었다.

〈전국 체육대회 성적우수학교 표창(교육감)〉

양준모 감독 은퇴 이후 새로 부임한 박창규 감독과 박 감독 부인 또한 카누 국가대표로 선수지도에 크게 기여했다. 이들은 전국체전에 대비하여 전 종목 석권을 목표로 체계적인 지도는 물론 우수 선수들의 진로에까지 각별한 신경을 쓰며 카누 명문대학에 진학할 수 있는 길을 열어줘 서령 카누 선수들이 국가대표로 발돋움할 수 있는 기틀을 마련해 주었다. 서산의 카누가 충남 카누의 메카를 이루고 앞으로 한국 카누를 견인할 수 있는 날이 올 것을 믿는다.

〈전국대회 우승 기념〉

봉사하는 학생들

학교에서 학생들은 남과 어울린다. 같이 놀고 같이 공부하고 장난하고 다투기도 한다. 학생들은 그렇게 남과 어울릴 줄 알아야 하고, 그러자면 자기주장도 하고 남의 주장도 들을 줄 알아야 하고 남을 이해하고 남을 도와줄 줄도 알아야 한다. 그런 사이에 학생들은 후에 큰 사회에서 필요한 사회성도 배워나간다.

서령고등학교에서는 매월 1회 송파수련관에서 전체조회를 하면서 남을 배려하는 마음에 대한 교육을 했다.

남의 아픔, 남의 슬픔, 남의 기쁨을 내 아픔, 내 슬픔, 내 기쁨처럼 느낄 줄 아는 능력을 키워주기 위해서다.

대체적으로 학력이 낮은 아이들은 공감하는 능력이 큰 편이다. 정서적 능력이 있는 것이다. 그러나 학업성적이 우수한 학생들은 남을 이해하는 능력 즉 감정 이입 능력이 부족하다.

　서령고등학교 학생은 성적이 우수한 집단에 속한 학생들이다. 나
는 이 아이들이 나중에 이 사회와 국가의 지도자로 많이 등장할 것
으로 믿는다. 그때 나만이 아닌 남의 일, 남의 나라 사람의 일까지
관심을 갖는 큰 인물이 되기 바란다. 학생들이 길거리에서 주운 돈
을 파출소에 맡겨 주인을 찾아주고 불우 시설에 급우들이 모은 성금
을 학생 대표를 통해 전달하고 시간을 만들어 직접 양로원을 찾아
노인들의 말벗을 해드리거나 목욕 봉사 등을 하여 학생 스스로가 보
람을 느끼는 것을 확인할 때 나는 학생이 믿음직스러웠다.

　학생들의 선행이 언론에 보도될 때마다 명문대 진학한 기쁨보다
더 큰 희열을 느낀 것은 이 때문이다. 제주도에 수학여행을 간 1학년
학생들이 제주 수해 현장을 보고 즉석에서 성금을 모아 전달한 것이
전국적으로 알려진 적이 있다. 당시 보도내용이다.

〈학생대표(좌)가 제주 교육장에게 성금을 전달하고 있음(우측은 당시 학년 부장)〉

'수억 원' 못지않은 '50만 원'의 가치

"얼마 되지는 않습니다. 제주에 수학여행 왔다가 그냥 지나칠 수가 없어서요…."

"몇몇 선생님들은 하루 정도 일정을 취소하고 봉사활동을 하자는 의견도 있었지만…."

"학창시절 아름다운 추억으로 평생 남을 학생들의 마음을 헤아리지 않을 수 없었습니다."

최근 심화된 교육열로 인해 뒤를 찬찬히 되돌아보기가 쉽지 않은 요즘 제주에 여행 온 학생과 교직원이 십시일반의 정성을 모아 수해성금을 전달해 잔잔한 감동을 주고 있다.

그 주인공은 다름 아닌 충남 서령고등학교(교장 김기찬) 수학여행단 일동.

수천만 원 보다 더 값진 '50만 원의 가치'…여행단 300여 명 '호주머니' 털어

서령고교 학생과 교직원 300여 명은 최근 수학여행차 제주를 찾았다가 제주 전역에 사상 유례가 없는 많은 인명과 재산피해를 입힌 태풍 '나리'의 피해 현장을 직접 눈으로 봤다. 그중 한 학생이 김기찬 서령고 교장에게 "제주도민들을 돕고 싶다"며 조금이라도 있는 돈을 모아 성금으로 내자는 제안을 해 온 것.

그리고 모두의 뜻을 모아 실의에 빠져 있는 수재민들에게 조금이나마 위로를 전하기로 하고, 갖고 있던 호주머니의 용돈 등을 털어 '십시일반'으로 수해복구 성금을 마련했다.

이리저리 모은 돈을 모두 합쳐봐야 50만 2천 원.

고향에서 제주로 떠날 때 안성맞춤으로 여행경비를 지녔던 이들에게

그리 많은 돈이 나올 수는 없었다.

하지만 이들의 작은 뜻은 결국 지난 20일 오후 교장과 학생 대표가

제주시교육청을 찾아 온정을 전달하기에 이르렀다.

<중략>

이날 충남 서령고 수행여행단이 보내온 '50만 원'은 어쩌면 '5,000만

원'의 가치보다 더 큰마음의 성금이었다.

"비록 많은 금액은 아니지만 제주도민 여러분이 다시 일어서는 데 조그

마한 보탬이 되었으면 하는 마음이 간절합니다. 부디 마음 굳게 먹고

예전의 모습을 회복해 온 국민에게 기쁨과 행복을 주는 제주도로 거듭

나기를 간절히 기원합니다."

(제주일보기사 중)

봉사는 마음에서 우러나올 때 가능하다. 학생들의 봉사활동이 지
속적으로 이루어지기 위해서는 봉사의 진정한 가치에 대하여 가정
과 학교의 교육이 필요하다고 생각된다.

대한민국 인재상 수상

국내 고교생 및 대학생을 대상으로 시상하는 대한민국 인재상은 국가의 미래를 이끌어 갈 창의적 인재양성이라는 국민적 과제를 구현하기 위하여 2001년부터 시행하고 있는 상으로 대통령이 직접 시상하는 가장 권위 있는 상이다.

2008년 서령고등학교 한동관 군이 전국 고교생 60명과 대학생 40명 등 총 100명이 받는 수상자에 선정되었다. 학교장의 추천으로 도 교육청에서 심사 후 중앙심사위원회에서 엄격한 심사과정을 거쳐 최종 결정된 것이다

한동관 군은 평소 수학, 과학 분야에 뛰어난 능력을 발휘하여 각종 전국대회에서 상을 휩쓴 수재로 훌륭한 인성까지 소유해 상을 받는 영광을 누렸다.

한동관 군은 후에 서울대 의예과에 합격, 수학한 후 서울대학교 병원에서 전공의로 근무하고 있다.

〈인재상 수상자인 한동관 군이 이명박 대통령과 함께〉

수상소감

○ 대한민국 인재라는 수식어가 저에게 항상 붙을 수 있게 되어 매우 영광으로 생각합니다. 그만큼, 이 상을 받게 해주신 모든 관계자분들께 깊은 감사의 말씀을 전하면서, 이 영광과 기쁨을 제 주위 사람들과 나누고 싶습니다. 그리고 아쉽게 이 상을 받지 못한 후보자분들께 깊은 위로와 격려의 말씀을 전합니다.

○ 이 상은 그동안의 노력과 끈기에 대한 보상인 것 같습니다. 수상소식을 듣는 순간, 힘들어서 꾀도 부리고 싶고 쉬고 싶을 때마다 항상 제 목표를

생각하며 마음을 다잡던 때의 모습이 떠올랐습니다. 그러면서, 이 상은 결코 머리만 좋은 사람에게 주는 것이 아니라고 생각했습니다. 저처럼 꾸준한 노력과 끈기가 있는 사람도 이런 상을 받을 수 있다는 것을 보여줄 수 있어서 상당히 기쁩니다.

○ 국가에서 준 이 은혜를 절대 잊지 않고 이보다 더 큰 보답을 하기 위해 열심히 정진하는 자랑스러운 대한민국 인재가 되겠습니다. 자부심을 가지면서도 결코 자만하지 않는 사람으로서 많은 사람들의 귀감이 되도록 노력하겠습니다. 또, 고난에 처했을 때 결코 좌절하거나 포기하지 않는 사람, 어려운 사람들에게 희망을 줄 수 있는 사람, 항상 주위를 돌아볼 줄 아는 사람이 되겠습니다.

변화를 두려워하지 않는 학생

    단위학교에서는 보통 일 년에 두 차례 수학여행이 이루어진다. 학교에서 벗어나 자연을 벗 삼아 친구들과의 우정의 폭도 넓히고 자신의 잠재력을 깨달을 수 있는 좋은 기회다. 교사들은 그 기간이 학생들을 위한 좋은 기회임을 알고 있지만 걱정 또한 많은 것이 사실이다

    학생들도 가정에서 부모의 보살핌에 익숙하여 도전적이지 못하고 변화하는 것을 원치 않는 경향이 있다. 그러다 보니 판에 박힌 단순한 학습에 익숙하여 여행을 떠나도 탐구심이나 친구들과의 교감의 시간을 갖기보다는 조용히 휴식의 시간을 원하는 경향이 있다

    학생들에게 넓은 세상이 있음을 깨닫게 하고 그 세상에 적응하도록 하는 교육이 필요하다. 그래서 통제위주의 야외활동에 교사들의

간섭을 최대한 줄이고 학생 스스로 계획하고 실행하여 자신의 잠재력을 확인할 수 있도록 기회를 주게 된 것이 테마식 여행의 본래 취지였다.

첫 해 국내 중심으로 진행되던 테마여행은 외국으로 범위를 넓혔다. 우리나라와 밀접한 관계를 맺고 있는 일본, 중국 등이 그곳이다.

해외이기 때문에 학생 자율에 맡기기는 어렵지만 가능한 현지에서 언어가 소통되는, 즉 일본어를 제2외국어로 선택한 학생은 일본으로, 중국어를 선택한 학생은 중국으로 여행지를 선택하도록 권장했다.

외국에서 직접 현지인과 대화를 나누면 외국어 습득에 효과적일 것으로 기대했기 때문이다.

다음은 2001년 일본을 다녀온 이상철 군의 소감문 일부다.

'더 많은 변화가 있어야 하겠다'

4일간의 빡빡한 일정을 마치고 지금은 우리나라로 돌아가는 중이다. 너무 아쉽고 서운하다. 비록 잠시였지만 일본에서 있었던 일은 잊을 수가 없을 것이다. 지금은 다른 나라로 여행가는 기분이 든다. 일본은 우리나라와 비교도 안 될 정도로 깨끗했다. 물가가 비싸서 돈을 함부로 쓰기가 어려웠으나 일본 사람들은 정말 친절했다. 호텔을 떠날 때 끝까지 웃으며 손을 흔들어 주던 사람들을 잊을 수가 없다. 수학여행을 가기 전에 내가 기대했던 것 이상으로 즐겁고 재미있었다.

호텔도 정말 좋았다. 다만 지금 타고 있는 이 배가 좀 이상하다. 일본인이 운영하는 배와 지금 타고 있는 우리나라 배는 이름만 같을 뿐 시설도, 친절도도 너무 차이난다. 일본과 한국의 차이를 이런 곳에서 느끼게 되다니…. 나도 한국 사람이라 한국인의 안목으로 보고 싶지만 차이가 너무 큰 것은 어쩔 수 없다. 2002년 월드컵을 한국과 일본이 공동 개최한다. 일본과 한국을 관광하는 관광객이 두 나라의 차이를 느낄 수 없도록 우리나라에 많은 변화가 있었으면 하는 마음이 간절하다.

이 군은 처음 가 보는 일본의 청결함과 친절함에 감명을 받았다는 느낌을 적었다. 아울러 우리나라에 더 많은 변화가 있어야 함을 지적하고 있다.

서울을 테마로 정한 유원근 군의 소감문 일부다.

촌놈 탈피 대작전

손숙의 '어머니'를 보고

수학여행지로 서울을 선택한 데에는 여러 이유가 있었지만 그 중 하나는 코스가 맘에 들어서였다. 특히 예술의 전당으로 연극 관람을 가는 것은 무척 기대되는 것 중 하나였다. 사실 연극 자체에 대한 관심보다는 TV에서만 보던 예술의 전당이란 곳에 실제로 들어갈 수 있다

는 기대감에서였다. 게다가 연극 관람이라는 것이 처음인데도 기대감
보다 지루할지 모른다는 생각이 들었고, 피곤한데 들어가서 잠이나
잘까하는 생각도 했다.

건물의 크기에 몇 번이고 감탄을 하며 건물 안으로 들어간·우리는 간
단한 수속을 밟고 공연장 안으로 들어갔다. 전날 수학여행의 기대감
에 잠을 설친 탓인지 앉자마자 피곤함이 몰려들었다. 그래도 나름대
로 열심히 보려고 했다. 그러다가 문득 내가 연극 속에 깊이 빠져들고
있다는 것을 느꼈고, 마침내 눈물까지 흘렸다. 보고 나서도 뭔가 뇌리
에 계속 남아있는 느낌이었다. 사실 우리 세대만 해도 이 연극의 내용
에 크게 공감하기는 어려울 것이다. 하지만 내가 이 연극에 크게 감동
받을 수 있었던 것은 요즈음 엄마의 고마움을 크게 느끼고 있었기 때
문이라고 생각한다. 다음에도 이런 관람 기회가 있기를 기원해 본다.

유 군은 예술의 전당에서의 연극공연을 보며 부모님께 감사함을
느끼고 처음 보는 연극에 대한 소감이 진솔하게 서술되어 있다.

중국을 다녀온 조창현 군현재 로스쿨 재학 중은 중국 자금성의 거대한
스케일, 명문 북경대학에서 느낀 미래의 포부 등을 글로 표현했다.

웅비하는 중국! 그 중심에 우뚝 선 북경대학 학생들
출발 당일 아침 6시 30분, 40여 명의 학생과 부모님, 그리고 교장선생

님을 비롯한 여러 선생님이 분주히 움직이고 있었다. 교장선생님의 걱정 어린 당부 말씀을 경청한 후, 학생들이 버스에 오르기 시작했다. 자리를 잡은 후, 차창 너머로 걱정스레 서 계시는 부모님께 잘 갔다 오겠다는 의미로 손을 흔들었다. 차는 서서히 학교 정문을 빠져나갔다.

수학여행 장소로 중국을 선택한 나에게는 많은 고민이 따랐다. 그 중 가장 큰 것이, 과연 50만 원이 넘는 큰돈으로 그만한 가치를 느낄 수 있을까 하는 걱정이었다. 하지만 4일이 지나 지난 여행을 돌아보는 지금 그 고민은 너무나 어리석은 생각이 되어버렸다.

인천공항을 출발한 지 얼마 안 있어 중국 대륙이 저 멀리 어렴풋이 보였을 때, 우리 일행은 시계를 한 시간 뒤로 돌렸다. 시간을 바꾸고 나니 내가 중국에 왔다는 사실을 더욱 실감할 수 있었다. 북경공항에 도착해 간단한 입국 절차를 마친 후, 황제의 별장으로 지어졌다는 용화궁과, 황제가 직접 제사를 지냈다는 천당공원에 갔다. 용화궁에 있던 거대한 불상은 키가 28m나 되어 보는 이들로 하여금 경탄을 자아내게 했다. 바빴던 하루 일정을 마치고 북경 시내에 자리하고 있는 강영대하 호텔에 들어섰다. 외관은 주변의 대형 호텔보다 뒤떨어져 보였지만, 내부 시설은 학생 신분에 어울리지 않는 최상급의 시설이었다.

둘째 날, 우리 일행은 세계 최대의 궁궐이라 불리는 자금성에 갔다. 솔직히 내가 중국으로 테마 여행지를 결정한 결정적 이유도 자금성이 자석처럼 나를 끌어들이는 역할을 했기 때문이었다. 중국의 대작 영화 '마지막 황제'를 본 나는 당시 푸이 황제가 살았던 자금성을 잊을 수가 없었다. 듣던 대로, 자금성은 영화에서처럼 거대했다. 특히 황제만이 쓸 수 있다는 황금색 의자는 나를 매료시켰다. 자금성을 나오니, 북경의 중심이라 할 수 있는 천안문 광장이 눈에 들어왔다. 천안문에는 중국 혁명의 수장이었던 모택동의 사진이 천하를 평정하리라는 듯 무시무시한 눈빛으로 걸려있어 중국인들의 마음에 경애심을 심어주는 것 같았다.

셋째 날 아침, 우리 일행은 중국 최고의 대학인 북경대학에 들렀다. 입구에서부터 나는 그 안의 모든 사람들이 대단한 사람들로만 여겨졌다. 북경대학교 학생들이 여기저기서 명문대 학생들답게 조용히 책을 읽고 있는 모습과, 삼삼오오 앉아 열띤 토론을 벌이고 있는 모습을 쉽게 볼 수 있었다. 그런 광경을 보면서 '이 곳이 바로 중국을 움직이는 힘의 원동력이구나.'라고 느낄 수 있었다. 북경대학을 나와 만리장성에 가기 위해 버스로 3시간 정도 달렸다. 차가 달리는 동안 나는 버스 유리창에 턱을 괴고 곰곰이 생각해 보았다. 아직 개발되지 않은 광활한 땅, 세계 최대의 값싼 노동력, 북경대학에서 공부하는 유능한 젊은이들, 이처럼 중국은 잠에서 덜 깬 백호이며, 승천하기 직전의 청룡이었던 것이다. 만리장성에 도착해 가이드의 설명을 듣고, 케이블카를 이용해 만리장성에 올랐다. 산의 능선을 연결하여 건설된 만리장성은 마치 흰색 뱀들이 꼬리에 꼬리를 물고 있는 것 같았다. 만리장성 관광을 마치고, 한국의 명동쯤 되는 중국 최고 번화가 오아부정 거리를 돌아봄으로써 3박 4일의 아쉬운 중국여정이 끝났다.

북경공항을 이륙해 기내에서 중국대륙을 내려다볼 때 문득 강대국들의 틈에 끼어 있는 우리나라가 떠올랐다. 중국 같은 나라들과 견주어 우리나라의 대외적 힘이 밀리는 것은 어쩌면 당연했다. '과연 이런 우리나라를 위해 내가 무엇을 할 수 있는가, 또 무엇을 해야 하는가!'란 책임감이 막중하게 느껴졌다. 저 멀리서 조용히 공부하고 있는 북경대 학생들을 보면서 오늘의 내가 아닌 더욱 발전한 내일의 내가 되어 우리나라의 미래를 위해 이바지해야겠다는 다짐을 했다.

학생들은 테마여행을 통해 국내외에서 보고 느낀 소감문을 앨범·교지 합본 기념문집에 발표했다.

고등학교 1학년 때의 여행이 평생 살아가는 데 변화를 두려워하지 않는 원천이 될 것으로 믿는다.

학생의 승리를 본 기쁨이다.

관악부의 쾌거

관악부는 재창단한 후 학교의 자랑스러운 특별활동반으로 성장해갔다. 지도교사^{최용재}의 지도 아래 관악부원들의 기량은 향상되었고 학교의 각종 행사에 의식곡을 연주하여 행사를 빛냈다.

지도교사는 자비를 들여 전문 강사를 초빙하여 파트별 지도를 했고 2001년에는 전국대회에 나가 기량을 겨뤄 볼 계획을 세운다.

'제26회 대한민국 관악경연대회'는 강원도 원주에서 열렸는데 서령고 관악부는 처녀 출전임에도 불구하고 은상의 쾌거를 이루었다.

학교의 지원을 받은 관악부의 실력은 점점 상승하여 2002년부터 서산시 문화회관을 대관하여 학생, 학부모, 시민들에게 아름다운 화음을 선사하였다.

'27회 대한민국 관악경연대회' 금상을 수상하면서 서령고등학교 관악부는 학교의 이름을 알리는 동시에 전교생의 1인 1악기 연주특기 적성 교육에 크게 기여를 했다.

　다음은 경연대회에 참가했던 조일주 군의 소감문이다.

　7월 말, 우리 서령고등학교 관악부는 중대한 임무를 부여 받았다. 9월 초에 원광대학교에서 전국 관악 경연대회가 열리는데 거기에 참가하게 된 것이다. 하지만 우리 관악부는 절반이 1학년 새내기들이었고, 실력이 많이 부족한 상태였기 때문에 선생님께서는 많은 걱정을 하셨다. 하지만 우리는 서령고등학교 학생이었기에 그때부터 대회 연습에 몰두하기 시작하였다.

　그날부터 모든 힘을 연습에 쏟아부었고, 8월 31일 저녁 연습을 마치고 흥분을 가라앉히며 잠자리에 들었다.

〈관악부 지도교사 지휘장면〉

드디어 다음날 새벽 6시 30분에 원광대학교로 출발하였고, 버스 안에서도 난 너무 떨렸다. 마침내 대회가 시작되었고, 우리 학교 차례가 다가왔다.

시상식 시간이 왔고 우리 학교는 당당히 은상을 수상했다. 우리 모두가 환호성을 지르며 기뻐하였다. 힘든 연습을 이겨내며 받은 상이었기에 더욱더 기뻤다. 가장 기뻐한 것은 바로 1학년 후배들이었다. 2, 3학년보다 더욱더 힘들게 연습하였고, 대회 또한 처음이었기에 그런 거 같다. 난 이 대회가 처음이자 마지막이다. 그동안 많은 행사를 나가고 악기를 불었지만 이 대회처럼 한편으론 기쁘고, 한편으론 섭섭한 마음이 들 때는 없었다.

난 중학교 때부터 악기를 배우고 싶었다. 하지만 고등학교 진학 목표 때문에 포기할 수밖에 없었다. 그렇기에 서령고등학교는 나에게 꿈을 가득 심어 준 학교이다. 다른 고등학교에 가게 되었더라면 자랑스러운 선생님들을 만날 수 없었을 것이고, 또한 멋진 악기를 배우지 못했을 것이다. 나에게 악기를 가르쳐주신 최용재 선생님께 감사하다는 말을 전하고 싶다. 또한 우리 관악부 자랑스러운 후배들…. 서령고등학교 학생들이 아니었다면 해내지 못했을 것이다.

나 또한 졸업 후에도 서령고등학교 관악부를 잊지 않을 것이다.

서령고등학교 관악부 파이팅!

참가하면 상 받아요

「일등생보다는 유일한 한 사람으로 키우자」는 슬로건 아래 '서령 1, 2, 3, 4 운동'이라는 캐치프레이즈를 정하여 전 교직원이 전교생을 대상으로 쉼 없이 시행하면서 서령고등학교의 교육력이 두각을 나타내기 시작했다.

학생을 주인으로 섬기자는 의미의 교직원 명찰 패용, 학생 생일잔치 해주기 등 학교 안에서의 내적 충실을 기하기 위한 노력뿐 아니라 외적으로 학교이미지 개선 및 능력을 키우기 위한 노력도 꾸준히 진행되었다.

인간이 생존하기 위해서는 보통 하루 3끼의 식사밥를 한다. 그래도 몸이 부실하거나 아픈 곳이 있을 수 있어 그럴 때는 병원을 찾아

〈왼쪽 두 번째 지도교사, 세 번째 수상학생, 네 번째 천정배 법무장관, 다섯 번째 필자,
여섯 번째심현직 이사장님, 오른쪽 끝 조오행 법무부 서기관〉

진단받거나 약을 복용하고 때론 보약으로 허한 기운을 보충하기도
한다. 밥을 잘 먹고 보약까지 먹으면 건강을 찾을 수 있지만 비만해
지기 쉽다. 그래서 늘 운동을 하게 된다.

학생의 생활도 다름없다. 학생의 본분인 공부에 열중하기 위해서
교과서는 밥과 같은 요소다. 교과서를 가지고 이해가 되지 않을 때 참
고서를 찾아 보완한다. 그리고 개인의 실력이 어느 정도인지를 알아
보기 위해 문제 풀이를 한다. 그래야만 자신의 장단점을 알 수 있다.

학교에서는 학생들에게 한 가지의 특기를 신장시키기 위해 다양
한 시설을 준비하여 이용하도록 권장한다.

학생들의 이런 다양한 활동들이 열매를 맺게 하기 위해서는 학생

스스로 자신들의 능력을 확인해 보아야 한다. 자신의 건강을 확인하기 위해 100m 달리기를 해 보듯이 말이다.

전국 단위, 충청남도 교육청 단위, 각종 기관 단체에서 개최하는 각종 대회에 학생들을 출전시키기로 하고 틈나는 대로 부단한 연습을 진행했다.

교과분야에서는 국어, 영어, 수학, 과학 등 모든 과목이 교육청 주최 경시대회에 참여하여 능력을 확인하고 충남 대표로 선발되어 전국 대회까지 출전, 입상하는 쾌거가 계속되었다. 특히 과학 분야와 컴퓨터 분야는 국내 영재들과 겨뤄 정상에 등극, KAIST 등 명문 대학에 특별 입학도 많이 했다.

음악, 미술, 체육 등 학생들이 동아리 활동에 참여하는 모든 분야 역시 대외 출전하여 자신의 능력을 확인하는 계기가 되었다.

〈단체 최우수상 수상〉

1인 1악기 다루기를 특기 교육으로 전개한 음악 분야에서 특별한 지원을 못 해줬음에도 대한민국 관악 경연 대회에 출전, 매년 금 혹은 은상을 받는 쾌거가 있었다. 지도 교사의 노력이 빛나는 순간이었다.

미술부에서 동아리 활동을 한 만화동아리 「몽연」에서는 학생들이 재능을 발휘하여 학교에 좋은 일이 있을 때 순간 스케치하여 홈페이지에 올리기도 하였다.

체육 분야의 활동은 정말 훌륭했다. 본교에서 육성하는 카누 팀은 전국 대회뿐만 아니라 전국 체육 대회에 매년 금·은메달을 휩쓸어 충남 체육의 효자 종목이 되었다.

잘 갖춰진 교육인프라 속에서 구성원들의 노력은 국내뿐만 아니라 국외로까지 그 이름을 알리는 계기가 되었다. 특히 외국어 교육에 주력, 영어, 불어, 일본어, 중국어를 열심히 한 학생들이 해외 연수를 다녀왔다. 그뿐만 아니라 중국, 일본, 유럽 등 외국의 많은 학교 관계자의 서령고 방문이 늘어났다.

특별반 활동

서령고등학교 특별활동반은 5개 영역 41개 동아리로 이루어져 전교생이 한 동아리에 참가, 특기를 키운다.

동아리 부원들은 각자의 부서에 자긍심을 갖고 지도교사의 지도와 본인 스스로의 노력으로 능력을 신장시키기 위해 노력했다.

외부 강사를 초빙하여 교육을 받거나 직접 외부에 나가서 교육을 받는 등 활동이 매우 활발히 진행되었다.

다음은 만화동아리 '몽연'에서 활동한 김성묵 군의 활동소감이다.

〈특별반 활동〉

몽연

여기 서산에서는 서령고등학교 학생이라고 하면 알아준다. 우리 학교
에는 꽤 많은 동아리가 있다.

나는 이 학교에 들어오기 전부터 가입하고 싶었던 동아리가 있었다.
'몽연'이라는 만화동아리이다.

내가 가입한 동아리는 바로 그 '몽연'이다. 축제 때, 포스터이외에도
판넬을 제작한다. 목적은 물풍선 터뜨리기, 심심했던 오전행사 후의
학생들에게 재밋거리를 제공하는 것이다. 이것 말고도 애니메이션 상
영도 하지만 난 물풍선 행사를 돕느라 가 보지 못했다.

여름방학이 되면 우리 동아리에서는 MT를 간다. 2박 3일 바다여행. MT는 정말 재미있었다. 우리 동아리는 MT 이후에는 별로 큰 행사가 없다. 축제도 체육대회도 모두 1학기 때 다 하기 때문이다. 하지만 이번 해에는 한 가지 특별한 일이 있었다. 내가 고2가 되어 몽연 9기(난 8기)를 받은 다음에 회장을 통해서 들어온 이야기. 바로 시화였다. 우리가 무슨 시화냐며 퉁명스럽게 이야기하는데 회장의 입에서 나온 한 마디. '교장선생님께서 직접 부탁하신 일이야.' 순간 당황했었다. 우여곡절 끝에 시화전 작업을 하면서 고생스럽기는 했지만, 전시된 작품들을 사람들이 들여다보고 감상하는 모습을 보니 한편으로는 뿌듯하기도 했다.

'몽연'이라는 동아리 덕분에 고교시절 색다른 추억을 만든 것 같아 감회가 남다르기도 했다.

〈문학기행〉

제4장

보람의 교단

신지식학교 선정

신지식은 미래에 대한 뚜렷한 목표의식을 토대로 현재 상황에서 끊임없이 혁신하는 것을 말한다.

신지식학교는 충청남도 교육청이 도내 초·중·고등학교를 대상으로 학교에서 다양한 정보를 습득, 적용하고 조직운영을 혁신함으로써 새로운 교육적 가치를 창출하고 사회적으로 공유하는 등 신지식 활동에 기여한 학교를 선정하여 표창하는 제도인데 서령고등학교가 충청남도 교육청 지정 제1호 신지식학교로 선정되어 인증패를 받았다.

서령고등학교는 '일등생보다는 유일한 한 사람으로 키우자'는 교육 슬로건 아래 인성교육의 추진으로 서령 1, 2, 3, 4 운동을 전개하여 특기교육, 외국어교육, 자격증 획득, 봉사활동 등에 전교생이 적극 참여하여 큰 성과를 거두었고, 효행 실천을 생활화하기 위하여 전교생에게 생일잔치 베풀기, '가정교육지침서'를 제작, 각 가정에 배포하여 학부모들이 학생지도에 동참하도록 유도하여 함께 가꾸는 학교 건설에 크게 기여한 공로를 인정받은 것이다.

뿐만 아니라 세계화 시대를 맞이하여 중국 안휘성 합비1중을 비롯한 해외 명문고교와의 자매결연으로 교육력을 강화했고 각종 특기 교육을 전교생이 실시할 수 있도록 학교시설을 대폭 보완하여 학생들의 다양한 교육활동에 기여했으며 부족한 시설은 인근 한서대학교와 서산시청 산하 각 단체의 지원을 받아 협력 체제를 구축한 결과이기도 했다.

동창생과 지역인사들로부터 학교 발전을 위한 장학기금을 유치하여 충남의 명문으로 발돋움한 서령고등학교의 신지식 학교 선정은 서령고등학교의 교육력을 대내외에 알리는 데 기여했다.

전국 최우수교 선정

2003년 교육부에서는 「전국 100대 교육과정 우수고교」로 서령고 등학교를 선정했고 100대 우수고교 가운데 「전국 최우수 학교」로 선정되어 학교장이 직접 교육부에 가서 교육부 장관으로부터 상패를 받았다.

우리나라에서 처음 시행하는 100대 교육과정 최우수 학교 및 전국 고등학교 최우수교 제도는 최초 충남 교육청의 아이디어인 것으로 알려졌다. 교육부에서 그 아이디어를 채택한 후 미국 블루리본 학교 선정 방식을 접목하여 우리나라에서 시행한 학교평가제도다.

서령고등학교는 교육부의 지침에 따라 주어진 교원, 조직 및 시설을 적재적소에 활용하여 학생 중심 선택 과목에 중점을 두어, 프

〈윤덕홍 교육부장관으로부터 최우수교 선정 수상〉

랑스어, 일본어, 중국어 등 제2외국어를 이동수업으로 편성해 운영
함으로써 교육활동 분야에 참신성을 인정받아 우수고교로 선정되
었다. 최우수 학교가 되기까지는 교육부의 정책 실장이 직접 시도의
우수학교를 비밀리에 2회 방문한 후 편성된 교육 과정의 운영 현황, 학
교 분위기, 지역 사회에서의 학교평가를 종합하여 선정했다고 한다.

이 같은 과정을 통해 우수고교로 선정되었기에 교육부장관이 직접
최우수고 선정 수여를 하였고 이후 장관, 차관, 정책실장 및 수상 학
교 교장이 오찬 장소에서 장관이 직접 서령고등학교의 '일등생보다는
유일한 한 사람으로 성장시키자'는 교육 슬로건을 설명하면서 "이 학
교가 바로 학생체험학습을 위하여 운행 중이던 버스가 전복되는 대

형사고가 났는데 학생들이 안전띠를 잘 매서 사상자도 없었을 뿐 아니라 내 장관수명을 연장시킨 학교.”라고 우스갯소리까지 했다.

교육부에서는 당시에 우수 학교 선정에 공정성을 기하기 위하여 실무자가 아닌 책임자가 현장 암행을 해 가며 애쓴 흔적을 그때 느꼈다.

당시 「100대 교육과정 우수학교」 중 최우수 학교로 선정된 학교장에게는 해외 연수 특전을 부여하여 뉴질랜드 교육현장을 다녀온 바 있다.

학교에서는 심현직 법인 이사장께서 육영 30주년을 맞이하여 「최우수교 선정」기념비를 본관 앞에 세워 기념하고 있다.

〈학교 법인에서 교정에 설치한 기념비〉

교직원에 대한 격려

일등생보다는 유일한 한 사람으로 키우기 위해 서령 1, 2, 3, 4운동을 지속적으로 전개하는 데 교사의 역할은 절대적이다.

사립학교에 재직 중인 교원은 이동이나 승진의 기회가 제한되어 자칫 노력해도 보람도 없다는 생각이 들면 의욕을 상실해 교육력이 저하될 수밖에 없다. 사학법인을 경영하는 이사장께서는 "산하 학교 교직원을 모두 승진시켜주겠다. 방법은 본인이 노력하여 보람을 찾는 길"이라며 교직원들을 독려하고 격려했다. 나는 학교장으로서 교직원의 사기를 올려줄 구체적인 방안을 찾아 시행하는 것이 풀어야 할 최대의 과제였다.

일반 회사라면 성과를 측정하여 두둑한 성과급을 통해 사기진작이 가능하겠지만 교직에서는 애초부터 있을 수 없는 일이고 다만 교

원의 명예를 높여주는 방법으로 노력한 교원에게 그에 상응하는 각
종 상을 받을 수 있도록 도와주는 방법이 있다.

〈스승의 은혜는 영원하다〉

학생·학부모로부터 존경을 받고 교직에 긍지를 가질 수 있는 분
위기를 만들기 위해 재직 교직원은 은퇴 전까지 최소 교육부 장관상
을 받을 수 있도록 노력하고 은퇴할 때 국가로부터 근정훈장을 받는
것을 목표로 했다.

교직원들은 매년 20명 이상이 각종 상을 얻어 축하하는 분위기를
마련하여 긍지를 심어줬다.

2008년에는 서영현 교사가 「과학문화 확산과 과학적 마인드 함양
기여」의 업적으로 '제6회 올해의 과학교사상'을 수상하였다.

〈올해의 과학상 수상(좌측 서영현 교사)〉

　올해의 과학교사상은 매일경제와 한국과학재단 공동주최로 창의
적인 과학교육을 통해 학생들의 과학성취도와 창의력 신장, 흥미도
제고에 공헌한 과학교사를 발굴해 주는 상으로 과학교사에게 최고
의 영예로운 상이다.

　선정된 교사들에게는 국내 및 국외 산업현장과 박물관 시찰의 기
회와 연구 장려비로 500만 원의 개인 상금 및 소속 학교에 실험 실습
장비 및 도서 구입비로 500만 원을 지급해주었다.

　박창규 교사는 체육훈장 백마장을 수상했다. 서령고등학교 체육
교사로 전국 최고의 카누팀을 육성, 전국체전 10년 금메달 획득의
영광을 담은 훈장 수상이어서 더욱 축하받을 일이다.

　박창규 교사는 카누 국가대표 출신으로 아시아 신기록을 수립하
였고 올림픽 대표로 국위를 선양한 자랑스러운 서령인이다.

서산 시민 대상 수상

나는 제10회 서산시민 대상을 받게 되었다.

서산시민 대상은 서산시민으로서 매년 두드러진 업적이 있는 자를 추천위원이 추천하면 각계각층으로 망라된 심시위원들이 업적의 가치를 심사하여 선정하도록 된 상으로 서산시장이 수여하는 서산시 최고의 상이다.

서산시 교원단체에서 교육문화 및 체육진흥 부분에 추천, 2004년 시민대상 수상자로 선정되어 10월 2일 시민의 날을 맞아 시청 대강당에서 수상을 했다.

아마도 지역사회에서 서령고등학교의 교육력을 높이 평가하여 학교장에게 대표로 수여하였을 것이다.

조규선 서산시장, 이완복 의회
의장, 함기선 한서대 총장 등 기
관 단체장과 서령고등학교 교직
원, 학부모 학생대표, 동창회 임
원, 전임 교직원 등 많은 분이 수
상을 축하했고 학교의 발전을 기
원했다.

〈조규선 서산시장으로부터 시민대상수상장면〉

시상식장에서의 시상소감을 다음과 같이 말했다.

인사말씀

서산시 시민대상 한상기 심사위원장님, 그리고 심사위원 여러분.

저는 존경하는 조규선 서산시장님으로부터 영예스러운 시민대상의

상패와 기념메달을 받았습니다.

또 이완복 서산시의회의장님, 함기선 총장님, 이청준 서장님, 오성수

교육장님, 전영환 농협지부장님으로부터 선물도 받았습니다. 직장동

료, 가족, 동창, 사랑하는 학생들로부터 꽃다발도 받았습니다. 감사

드립니다.

얼마 전 서산시 교원단체연합회 관계자로부터 서산시민대상후보자로

서산시민대상
2004. 10. 2 서산시

〈수상 후 인사말〉

추천되었다는 소식을 접하며 마음이 착잡했습니다. 우리 지역의 교육, 문화, 체육에 기여하신 분들이 많은데 제가 추천됨으로 그분들의 공에 누를 끼치지 않나 하는 마음 때문이었습니다. 그러나 심사위원님들께서는 저를 교육문화체육부분의 수상자로 선정하셨고 위원장님의 축하인사와 시장님의 격려 말씀을 들었습니다. 또 저를 사랑하시는 많은 분들의 소중한 말씀이 있었습니다.

돌이켜보면 이 영예는 서산교육을 맡고 있는 교육자들의 몫이요, 제가 몸담고 있는 서령고등학교의 몫이라 생각됩니다. 이 자리에는 서령고에서 평생 봉직하시다 은퇴하신 저의 은사님들과 현재 서령을 지키시는 동료직원 그리고 학부모 및 동창회 대표 또 제가 사랑하는 학생대표가 왔습니다. 이분들은 저에게 인재양성의 중요성을 일깨워주시고 끊임없는 관심과 사랑을 주신 분들입니다.

또 저를 지탱해주는 사랑스러운 가족들이 보입니다. 10남매를 지금도 후원하시며 농사일을 못 버리시는 노부모님과 형제들, 저를 남편으로 섬기며 든든한 후원자인 처와 처가식구들, 제가 행복한 이유가 여기에 있습니다.

함께 수상하신 한규남 회장님의 남다른 봉사정신에 깊은 감명을 받

고 있습니다. 사모님 수고하셨습니다.

주말 바쁘신 시간에 저희를 위한 정성에 감사드립니다. 이 시민대상

의 영광이 우리 지역 교육발전에 밑거름이 되도록 정신 차리고 일하겠

습니다.

감사합니다.

이어서 전 서령 가족인 학부모, 동창생들은 물론 축하객들에게도

인사장을 발송하여 감사를 표했다.

〈시상식 참가 교직원과 함께〉

지역 명문고 선정

현대 사회의 새로운 교육체제는 누구라도 원하는 시간에, 원하는 장소에서, 원하는 교육을 받을 수 있는 '열린교육 사회, 평생학습 사회'의 환경 조성을 추구하고 있다. 따라서 도농지역에서도 환경과 문화적 낙후성을 극복하고 교육의 신뢰회복과 교육복지를 실현하며, 학부모와 지역사회의 높은 교육열을 충족시킬 수 있는 정책 추진의 일환으로 지역 명문고 육성을 통한 지역 교육의 질 향상을 요구하고 있다.

그러나 현재 충남 서북부에 위치한 중등학교의 교육환경은 개선할 점이 많다. 특히 도시와 농촌의 복합지역 인구는 대도시로 집중되어 도농지역 학생 수가 해마다 감소하고 있는 현상이 가장 큰 문제로 대두되고 있다. 이는 학교교육의 문제에 국한된 것이 아니라,

도농 지역의 열악한 사회·경제 및 교육환경 여건 등을 포함한 복합적인 문제라고 할 수 있다. 더구나 서산지역은 외지 인구의 유입으로 학생수가 증가하며 학부모의 교육열이 매우 높다. 그런데 통학교통의 불편과 대도시에 비해 취약한 교육환경으로 더 좋은 교육환경을 원하는 부모들은 좀 더 나은 교육 여건을 갖춘 대도시에 있는 일반고로 자녀를 진학시키거나 과학고나 외고와 같은 특목고로 자녀를 진학시키는 경우가 많은 것이 현실이다.

이와 같은 여러 가지 여건으로 말미암아 많은 우수학생이 대도시로 또는 특목고로 진학하여 지역학교로의 우수학생 유치가 매우 어려운 실정이며, 이로 인해 도농지역 학교 내에서는 학생들 간의 경쟁체제 확립이 미약하여 학습 동기도 낮은 실정이다.

이러한 문제점을 보완하기 위해 본교에서는 우리 지역의 우수한 인재를 유치하고 쾌적한 교육환경과 획기적인 교육시스템을 구안·적용하여 학생, 학부모는 물론 지역사회가 신뢰할 수 있는 지역 명문고로서의 위상을 확고히 하기 위하여 「교육환경 개선 및 교육시스템 개발을 통한 학력증진」을 연구 주제로 지역 명문학교에 공모하여 충남교육청과 서산시에서 지원하는 16억 원의 교육환경 개선비로 학습 환경을 최적화하며 지역의 우수 인재를 양성하는 지

〈지역명문고 표찰, 중앙현관부착〉

역 명문고에 선정되었다.

2009년부터 2011년까지 3개년에 걸쳐 첫째, 교육 수요자의 만족도를 제고하기 위하여 지역 여건과 특성에 맞는 교육 프로그램을 개발, 운영함으로써 교육수요자의 만족도를 향상시키고 수요자 중심의 학생 선택형 수업을 확대하여 자신의 소질과 적성 그리고 수준에 맞는 교육을 받을 수 있도록 하는 데 첫 번째 목적이 있다. 그뿐만 아니라 장학 제도를 확대하여 학생들에게 학업 성취의욕을 고취시킨다.

둘째, 지역 내 공교육 발전을 선도하기 위하여 교수 능력의 전문성 강화와 수준 높은 교직원 연수 프로그램을 통해 지역 내 공교육 발전을 선도한다. 현장 수업 개선에 부응하는 연수 과정 운영과 현장 연수를 강화함과 아울러 근무 환경 개선으로 우수 교원을 확보한다. 교사 연수, 연찬의 기회를 강화여 현실에 만족하기보다는 끊임없이 자기계발에 매진할 수 있는 동기를 부여한다.

셋째, 지역 명문고로서의 위상을 높이고 지역사회로부터 신뢰받는 학교 이미지 창출을 통해 지역 명문고로서의 위상을 확고히 한다. 서해안 중심으로 명문고로 부상하여 대도시와 달리 사교육이 취약한 지역의 학부모와 지역사회의 기대를 만족시킨다.

지역 명문고 사업은 교육청과 지방 자치 단체가 손을 맞잡고 내 고장의 인재는 내 고장에서 키운다는 자부심을 갖는 동시에 특성화 프로그램의 자체 개발은 물론 적용을 통하여 교육계에 새로운 모델을 제시하는 계기가 되었다.

그뿐만 아니라 교육 여건을 현대화하여 면학 분위기 조성 및 학력 증진에 크게 기여했다.

운영 중간에 연구보고회를 갖고 학교 현장을 공개하여 발전하는 서령고등학교의 모습을 대내에 공개했다.

지역 명문고 운영보고회에는 충남의 많은 고등학교 교장선생님과 담당교사가 참석하여 성황을 이루었다.

2010 대한민국 좋은 학교 박람회 참가

2010 대한민국 좋은 학교 박람회는 '대한민국 교육의 즐거운 변화'라는 슬로건 아래 2010년 10월 8일부터 10월 10일3일간까지 서울 여의도 KBS 시청자 광장 및 KBS-TV 공개홀에서 개최되었다.

〈박람회 플래카드, KBS〉

〈서령고등학교 부스〉

　개최 취지는 최근 수년 동안 우리나라 학교에 많은 변화가 있음에도 수요자인 학생과 학부모, 일반 시민들이 잘 모르기 때문에 학교변화에 대한 홍보 및 학생들로 하여금 학교 선택에 도움을 주자는 목적이었으며 교육과학기술부에서 처음 개최한 것이다.

　참가 교는 1차로 시도 교육청 추천 300개교 가운데 교육과학기술부의 최종심사에서 선택된 150개 초·중·고등학교가 대상이었다. 충남에서는 4개 주제 중 제1주제 가고 싶은 학교^{학교 다양화}에 충남예술고 등 2개교, 제2주제 흥미 있는 수업^{학교수업 내실화}에 서령고등학교 등 3개교, 제3주제 특색 있는 학교에 서산여자중학교 등 2개교, 제4주제 우리 고장 학교^{농산어촌교}에 데안고등학교 등 3개교, 도합 14개 학교였다.

개막 당일 이명박 대통령과 이주호 교과부 장관, 김종성 충남교육 감 등 16개 시도교육감, 참가학교장 등이 참가한 가운데 조촐한 개 막식이 있었고 3일간 학생, 학부모, 교직원 등 교육에 관심 있는 사 람을 대상으로 공개에 들어갔다.

〈이주호 교육부장관에게 설명하는 김종완 교사〉

좋은 학교 박람회에 참가한 서령고등학교는 충남 서산시 중심부 에 있는 55년 전통의 남자 일반계 고등학교로 학생 993명, 교직원 65 명이 교육활동을 하고 있다.

2010년 과학중점학교 지정, 교과·교실 선도학교B-1지정, 서산시 영재교육원을 운영하는 자율학교로 이미 2009년 충남지역 명문학교 로 지정받아 연구학교 운영 중이다.

KBS 38대 도전 골든벨 주인공을 배출했고 대한민국 인재상 수상, 전국 동아리 대회 대상 수상 등 각 분야에 활발한 교육활동 성과를 거두고 있으며 맞춤식 진학지도로 매년 졸업생의 50% 이상이 수도권 대학에 진학하는 내실 있는 면모를 자랑한다. 학부모와 지역사회의 신뢰가 높은 것을 서령교육 가족은 자랑으로 생각한다.

〈김종성 교육감 및 재경동문〉

서령고등학교는 박람회의 주제에 부합하는 학교다. 특히 다음 네 가지의 주제에 부합한다.

먼저, 과학중점학교 운영이다. 본교는 4개 이상의 과학교실과 3개 이상의 수학교실은 물론 국어, 사회, 예체능교과 교실을 두루 갖춘 교과·교실제 운영학교인 동시에 과학, 수학 교육 중심의 과학중점 과정을 개설하여 운영하는 학교다.

이 과정은 과학, 수학 이수단위가 45% 이상으로 확대되어 깊이 있는 심화 학습을 전개하며, 창의적 체험학습을 통해 다양한 교과 학습의 기회를 제공한다. 특별교과의 전문교과를 이수함으로써 높은 과학 소양을 갖고 미래 사회에 대비한 국가적으로 필요한 우수한 이공계 인력 확보의 산실이다.

다음으로는 교과·교실 선도학교라는 주제다. 본교는 2010학년도 B-1교과·교실 정책연구 학교로 지정받아 수학, 과학교과·교실제의 효과적인 운영방안을 모색하고 학교교육의 획기적 변화를 꾀하고 있다.

특히 학교수업방식의 변화 노력은 국가에서 지향하는 사교육 없는 공교육의 내실화는 물론 대학입학사정관제에 대비하는 형태가 되어 이번 박람회 주제 전시와 잘 부합되는 내용으로 평가받았다.

〈부스방문객〉

셋째, 학교 수업의 내실화다. 본교에서 시행하는 교수-학습지도 방안은 전 교과에서 학생 중심의 소집단 탐구학습 모형으로 전환을 목표로 하고 있다.

일반적으로 많은 학생이 학교에서 졸고 야간에 학원에서 공부한다는 편견과 관계없이 학교가 공부하는 최후의 공간이란 교사들의 자부심 아래 습관적으로 가르치는 것이 아닌 연구물의 결과로 학생들에게 접근하는 수업 방법을 지향하고 있다.

마지막으로 비교과 체험활동 분야이다. 비교과 체험활동을 통한 다양한 수학, 과학적 소양을 향상 시키는 부분과 실험실습을 매우 중요하게 여기는 과정이다.

일반계고교의 교육과정 안에서는 대학수학능력 시험에 유리한 과목만을 선택하기 때문에 우수한 과학인재를 육성하는 데 한계가 있다.

특히 과학중점 학교로 과정을 운영하려면 다양한 체험활동은 매우 중요하다. 이에 과학, 수학 실험교과 재량활동 교육과정을 내실 있게 운영하고 비교과 체험활동 60시간을 체계적으로 진행해야 한다. 이 운영성과가 과학중점학교로서의 성공 여부를 결정하기 때문이다.

전시내용도 행사에 알맞은 내용들이었으며 크게 세 가지로 나눌 수 있다.

첫째, 본교에서는 재학생 모두가 실천해야 할 덕목으로 서령 1, 2, 3, 4 운동을 전개하고 있다.

▶ 서령1 : 서령인은 하나의 분명한 특기를 갖는다.

▶ 서령2 : 서령인은 두 가지의 외국어에 능통해야 한다.

▶ 서령3 : 서령인은 세 가지 이상의 자격증을 취득하여야 한다.

▶ 서령4 : 서령인은 네 가지 이상의 상장을 받아야 한다.

서령 1, 2, 3, 4 운동은 도농 복합도시에 소재한 본교가 수도권 대학에 50% 이상 진학시키는 견인차 역할을 하고 있다. 학생스스로의 정체성을 확립하고 미래에 대한 꿈을 키울 수 있는 동기가 되기 때문이다.

이 운동의 성과를 계량화하고 포트폴리오화 하여 입학사정관제에 대한 대비는 물론이려니와 학생 개개인의 미래에 꿈을 키울 수 있다.

둘째, 동아리 활동을 통한 학생 개인의 포트폴리오이다. '일등생보다는 유일한 한 사람으로 성장하기 위하여'를 지향하는 본교는 교육활동의 다양성을 추구하는 동시에 다양한 동아리 활동은 전개하여 거기서 탄생한 산출물을 종합 정리하여 개인의 성과를 축적한다.

서령고등학교 학교 홈페이지에 링크된 여러 부분의 내용을 인쇄

하여 활용할 수 있고 분기별 간행되는 학교신문, 동아리별 문집, 가정교육 담론서, 영자신문, 생물나라에서 제작하는 수많은 공예품, 특히 동아리 '생물나라'는 우리나라 최고의 동아리로 전국을 무대로 찾아가는 전시회를 여러 차례 개최하는 등 수많은 성과물을 갖고 있다.

마지막으로 해외 학교와의 교류가 본교의 교육활동에 직접적으로 연관되어 있다는 점이다. 본교는 10년 전부터 우리나라와 밀접한 관계를 맺고 있는 일본, 중국, 미국 등과 정례적 교류를 하고 있다.

특히, 중국 안휘성 합비1중과는 매년 30여 명의 인적 교류를 통해 교육과정 운영, 과학실험 실습 등 양국 교육의 발전에 힘쓰며 일본 교토 구마모토고교와는 본교의 교기인 카누부와의 교류를 5년째 전개하고 있다. 미국과의 어학연수도 진행하고 있다.

본교는 2010 충청남도 교육과정에서 시행한 도내 인문계고 평가에서 최우수교로 선정되었다.

좋은 사람을 만드는 좋은 학교 「2010 좋은 학교 박람회」는 성황리에 막을 내렸다. 앞에서도 언급했지만 이번 참가한 150여 개 초·중·고등학교는 좋은 학교를 만들고자 하는 학교구성원의 노력이 맺은 결실이다.

(후략)

<필자가 충남교육 연수원 간행물

'충남교육'에 게재한 내용의 일부이다>

함께하는 학교

평생 교육 프로그램 운영

학교의 기능은 학생 교육이 주된 임무지만 학교가 보유하고 있는 시설과 인적 자원을 적절히 활용하여 재학생 및 졸업생의 학부모와 지역 주민들에게 필요한 교육을 함으로써 지역 사회 교육 문화 센터로서의 역할을 수행할 뿐만 아니라 학부모와 학교, 지역 사회의 주민과 학교 간에 이해의 폭을 넓힐 수 있는 좋은 계기가 된다.

서령고등학교는 넓고 쾌적한 캠퍼스 및 다양한 교육 시설을 확보하고 있어 학부모 및 지역주민의 의사에 따른 교육을 진행하는 데 부족함이 없었다.

〈개강식〉

    남자 일반계 고등학교에 조리실을 설치하여 기술, 가사 시간에 학생들에게 요리 실습을 할 수 있게 된 것은 서령고등학교가 도 교육청에 그 필요성을 지속적으로 요구한 덕분이었다.

    조리실의 관리 및 효과적인 활용을 위한 평생 교육 프로그램에 요리반 운영은 커다란 호응을 얻었다. 자격증을 가진 강사를 초청하고 그 비용은 서산시청에서 보전해주는 시스템을 갖췄다.

    서령고 평생 학습 프로그램에는 중국어반, 컴퓨터반, 문예반 등을 운영하여 능력이 뛰어난 본교 교사들이 투입되어 학부모와 지역주민들로부터 큰 호응을 얻었다.

    특히 요리반, 컴퓨터반은 수강 인원이 넘쳐 1년간 대기하는 경우도 있어 학교가 본래의 기능 외에 평생 교육 기관의 기능을 다함을 보여줬다.

평생 교육 강좌 개강식 및 수료식장에서는 마치 초등학생들의 입학식장과 졸업식장과 같은 분위기가 연출되기도 했다.

평생 교육원의 운영으로 다음과 같은 교육적 효과를 거두었다고 생각된다.

평생교육(2012)수료식

〈수료식〉

학교 시설물을 이용해 평생 교육을 할 경우 지역민들과의 긴밀한 유대 관계를 형성할 수 있어 학교 홍보에 파급 효과가 컸으며 지역민들의 배움에 대한 욕구를 해소해 줌으로써 학교가 교육과 지식의 중심지임을 확인시켜 공교육에 신뢰를 줄 수 있었다. 재학생들에게 어른들의 공부하는 모습을 보여줌으로써 학습 동기를 유발할 수 있었고 평생 교육을 통해 지역민들에게 자기 고장 학교에 대한 애정과 신뢰, 믿음 등을 제고할 수 있었다. 중국어반의 경우 한국과 밀접한 관계를 맺고 있는 중국에 대한 다각적 접근을 통해 중국을 이해할 수 있는 유익한 시간이 될 수 있었으며 실질적인 어학 학습을 통해 현지에서도 원어민과 대화를 함으로써 본인의 능력을 최대한 발휘하도록 했다.

학생 진로지도의 방향

진로교육은 학자에 따라 다양하게 정의되고 있는데 그간의 정의를 종합할 때 진로교육은 개인의 진로선택, 적응, 발달에 초점을 둔 교육으로 각 개인이 자기 자신과 일의 세계를 인식 및 탐색하여 자기 자신에게 적합한 일을 선택하고, 선택한 일을 잘 수행할 수 있도록 취학 전부터 시작하여 평생 학교, 가정, 사회에서 가르치고, 지도하고 도와주는 활동이라 할 수 있다.

그러나 인문계 고등학교에서의 진로교육은 문화적 질병처럼 확산된 고질적인 입시제도와 명문학교 진학률을 높이기에 학교의 운명을 걸고 있는 현실임을 볼 때 진로교육 본질을 실천하기에는 어려운 점이 많다 볼 수 있다.

〈진로지도 협의를 한 후 담당자 일동〉

한 세대 전까지만 해도 교육은 근대적인 문화 변화를 선도하는 계층의 역할을 수행해 왔다. 그 당시 진로교육이란 개념이 있지도 않았지만 교육기회는 아무나 누릴 수 없는 제한된 것으로 인식되었고 단순한 직업선택 아니면 대학진학이란 특권이 사회적, 집단적으로 뒷받침 되었다. 이런 시대를 살아온 기성세대는 교육을 통해 성공한 사람이건 기회를 놓친 사람이건 모두가 교육에 집착한다.

집착은 합리성을 배척한다. 가정과 학교 대부분이 그렇다. 과거 결핍의 시대에 문화변화를 선도해온 교육이 이제 풍요의 시대에 비정상으로 과잉소비 되면서 다양한 병리적 증상을 일으키고 있다.

본교에서 시행하고 있는 다양한 진로지도 교육이 우리 교육에 시사점이 될 것 같아 소개해 보기로 한다.

학교의 특색사업을 '학교는 학생들에게 기회를 제공하는 장소'로 정한다.

학생들은 학교로부터 일의 세계로 전환하는데 필요한 자기이해, 직업세계의 이해, 진로결정의 방법, 직업수행에 필요한 기술의 습득, 일에 관한 태도를 기르지 못하고 학교를 떠나는 형편이다.

학교와 가정에서 요구되었던 내용은 뜨거운 교육열에 바탕을 둔 비자발적인 공부, 그리고 입시뿐이었다. 그만큼 아이들의 상처와 억압은 심각한 것이다.

뚜렷한 진로지도 교육의 결여는 도구적 사랑에 대한 배신감과 좌절감을 키워 자포자기나 목표 상실 같은 심리적 어려움을 겪게 되고 무기력과 무관심이 젊은 세대의 특성처럼 되어가고 있다. 다른 사람들에 대한 배려나 돌봄의 경험이 없고 가장 기본적인 생활체험조차 결핍된, 나이만 성인이 된 젊은이들이 늘어가는 것이다

본교에서 시행하고 있는 진로지도 교육이 학생들에게 즐거움과 행복하게 사는 경험을 할 수 있게 하는지에 대한 확신은 없다. 다만 내일을 위한 준비와 불안 속에 사는 젊은이들에게 학교와 교사들이 고통을 줄여주고 두려움을 떨칠 수 있도록 하는 일종의 건전한 상식의 복원을 위한 노력이라 생각한다.

다양한 교육활동

과학 중점 학교 지정

서령고등학교는 교육부로부터 과학 중점 학교로 지정되었다.

일반계 고등학교 중에서 과학과목에 대한 심화과목이나 전문과목을 집중 이수할 수 있는 교육과정을 운영하는 학교로 서령고등학교의 평소 수학·과학 능력이 높아 충남에서 서령고등학교가 지정된 것이다.

〈과학중점학교 표찰〉

사회 전반에 널리 퍼져있는 이공계 기피현상은 과학기술 인재육성이 국가 경쟁력과 직결된다는 점을 감안할 때 국가나 기업에서 과학 인력을 높이 중용하고 대우할 날이 올 것이다.

　과학 중점 비교과 체험 60시간 운영, 서산지역의 중학생을 대상으로 수학, 과학 캠프 운영, 2학년 과학 중점 계열 학생의 진로적성을 고려한 다양한 동아리 활동은 서령고 학생들에게 과학에 대한 자신감과 미래에 대한 꿈을 키우게 될 것이다.

　과학 교사들의 헌신적인 노력과 학생들의 참여가 미래 과학중점교의 성패를 좌우하게 됨은 물론 과학입국의 초석이 될 것이다.

서령고등학교 영재교육원 개원

　서산지역 고등학생을 대상으로 실시하는 영재교육원이 서령고등학교에 설치되었다. 충청남도 교육청이 각 시군에 영재성 검사와 창

〈입학식–교사소개〉

의력 테스트를 거쳐 미래 꿈나무를 선발하여 영어, 수학 과목을 주말에 지도하는 제도인데 서령고등학교장을 서산시 영재교육원장으로 임명하여 운영한다.

영재학생으로 선발된 서산시 남녀 학생은 서령고등학교와 서산여고 교사들로부터 영재성 교육을 지도받게 된다. 서산시 인재육성 장학재단에서 운영비 일부를 부담해 주었다. 영재교육원에서 공부한 학생들이 국가를 위해 기여하기를 기대한다.

〈오리엔테이션〉

역사관 및 세미나실 구축

오래된 것들을 아끼는 마음은 새것보다 옛것이 좋다는 뜻은 아니다. 학교 현장에서 하루가 다르게 변화하는 모습을 학생들에게 가르치는 것은 당연한 책무 중 하나다. 그러나 낡았다는 이유로 사람들이 거들떠보지 않고 내팽개쳐지고 버려지는 일이 다반사로 일어나는 것이 현실이다.

〈역사관 내부①〉　　　　　〈역사관 내부②〉

학교 역사관은 개교 이래 그 학교의 역사에 관한 자료와 선배들의 귀한 업적 및 유적, 유물에 관계되는 것들을 수집하고 보존하며 그 가치를 조사, 연구하고 전시함으로써 학교의 역사와 전통을 계승하고 그 정체성을 아는 데 목적이 있다.

50년이 훨씬 넘은 전통을 지닌 학교에 그런 보존의 장소가 없어 교육 현장에서 행해졌던 각종 기교재들이 사라지고 없어지는 것이 안타까워 학교장이 챙겨서 곁에 두고 학생들은 물론 동창생들에게 교육 및 추억의 장소를 제공해 주어야겠다는 생각에서 역사관을 만들기로 했다. 지역 명문 학교 재원의 일부를 활용하여 학습 지원 센터 1층 멀티미디어실을 리모델링하고 50여 년의 발자취를 정리하여 게시와 전시를 했다. 여러 선생님의 노고로 서령고 역사관은 2011년 말 개관식을 하고 공개에 들어갔다.

한편 교육 활동의 다양화를 위해서는 적재적소의 공간 활용이 반드시 필요하다. 전교생 1천여 명이 모여 활동할 수 있는 공간은 수년간 대강당이 있어 가능했지만 중규모의 강당이 없어 학년 단위 및 교직원 연수 등을 하기에 어려움이 있었다. 수련관 1층에 다목적 용도로 사용하던 공간을 리모델링하여 교직원과 학생 그리고 학부모의 연수까지 실시할 수 있는 세미나실을 구축했다.

계단식으로 쾌적한 좌석을 조성하여 참석자들이 중앙 무대를 용이하게 관찰할 수 있도록 꾸몄고 무대 옆에 별도의 방송실을 마련하

〈역사관 내부③〉   〈역사관 내부④〉

여 각종 행사에 필요한 장비를 활용할 수 있도록 했다. 영상시설은
물론 음향시설까지 최첨단으로 설치하여 소규모의 각종 교내 행사
를 품격 있게 할 수 있게 했다.

개교 50주년 기념행사

개교기념일은 학교를 새로 세워 처음으로 운영을 시작한 날을 기념하는 날이다. 개교 50주년을 맞아 서령고등학교가 충남은 물론 우리나라의 교육 발전에 기여한 내용을 살펴보고 그것을 계기로 하여 미래 학교 발전의 좌표로 삼기 위한 행사를 총동창회 주관으로 50주년 행사를 하기로 했다.

50주년을 기념하는 이유는 또 있다. 학교란 주어진 교육과정을 충실히 이행하여 학력을 높이고 인성을 계발하는 곳이지만 이런 교육활동에는 학교의 풍토가 매우 중요하다. 성공적인 교육활동이 되기 위해서는 교원의 열성적 지도, 학생의 노력뿐만 아니라 학부모, 지역인사, 교육청, 동창생의 지원 등이 함께 이루어져야 한다.

〈50주년 안내리플렛〉

특히 동창생은 학교의 뿌리라 할 수 있다. 그들이 학교에서 배운 후 사회에서 성공적인 삶을 살기 때문이 그들의 정신과 행동이 사회 발전의 원동력이 된다.

동창들이 모교를 위하여 자신이 가진 재산의 일부를 기부할 수 있음은 매우 의미 있는 일이다.

서령고등학교는 1986년 개교 30주년을 맞아 총동창회 주관의 대대적인 행사가 있었다. 개교 30년사 간행, 교시탑 건립, 동문축제, 불꽃놀이, 재학생 종합예술제 등 기억에 남을만한 행사가 동문의 힘으로 거행되었으며 그것은 고스란히 서령 교육의 자산으로 축적되었다.

개교 40주년 때는 법인이 예산을 투입하여 행사를 주도했다. 50주년은 동문의 몫이라는 의견이 지배적이었다.

2004년 학교장인 나는 개교 50주년을 동문 주관으로 개최할 것을 염두에 두고 역대 동문회장들을 모시고 간담회를 개최하였다

개교 50주년 기념사업회가 꾸려지고 사업회장으로 이승재 동문회 고문이 추대되었으며 사무국장에 유광호 동문이 책임을 맡았다.

학교에서는 전체 동문에게 학교 교육 활동 현황과 미래 비전을 소개하는 안내장을 2004년 12월에 발송을 시작으로 개교 50주년 분위기 확산에 주력했다.

50주년을 맞아 서령중·고의 오늘을 재조명하고 미래 100년의 청사진을 제시하며 동문의 위상을 높이고 지역사회의 신뢰를 구축하는 데 초점을 두었다.

기념사업은 50주년 화보 간행, 진입로 확장 및 교문공사, 50주년 소망의 탑 건립 등 학교 현안 사업을 진행했고 동문을 위한 동문 초청 음악회, 동문 미술전시회와 학생들을 위한 서령제, 전시회 등 동문과 재학생이 함께 공유할 수 있는 프로그램으로 구성하고 50주년 슬로건에 「충남 명문 50년, 한국 명문 100」을 정한 후 엠블럼을 만들어 선포하였다.

2005년 6월 구체적인 추진 계획서가 확정된 후 직책별, 직능별 추진위원이 구성되었고, 모교출신 대학교수 중심으로 자문단을 구성, 자문을 받으며 사업비 모금 및 구체적인 행사 계획에 착수했다.

2005년 말 영목회, 재경, 재전, 재부산 등 동문들의 후원금이 답지했고 기별 동창회, 개인별 분담금 등 동문의 성원이 결실을 맺기 시작했다. 28회 주관기 대표는 물론 일반인들의 참여도 있었다.

〈50주년 기념 교문건립(홍성열 회장 기증)〉

50주년을 맞이하여 학교 환경의 변화가 있었다. 도 교육청의 예산 지원을 받아 진입로를 직선으로 펴며 넓혀 포장하고 주변 조경을 했고 재경 홍성열 동문의 신축비 전액 지원으로 낡은 교문을 허물고 새로 신축했으며 개교 50주년 기념 화보는 이강열 동문이 제작비 전액을 지원하여 간행했다. 소망의 탑은 조각가이자 미술교사인 조동희가 맡았고 동문 초청 음악회는 최남인 교수가, 미술전시회는 성창경 교수가 추진했다.

〈동문초청음학회〉　　　　　　〈미술전시회 개최〉

　　50주년의 행사가 성공적으로 치러지기 위해서는 전체 동문의 전폭적인 지원이 요구되었다.

　　학교에서는 2,000여명의 성공적인 삶을 사는 동문에게 학교장 서산을 발송하여 모교가 50주년이 됨을 알리고 동참을 호소했다.

합비1중과 교류 10주년 기념행사

서령고와 합비1중의 교류가 시작된 지 10주년을 기념하는 조촐한 행사가 양교에서 개최되었다. 2002년 양교의 교류가 시작되었고 10년 동안 성실하게 교류를 하여 학생 및 교원이 양국을 오고 가며 그동안 체험하지 못한 일을 경험했다.

서령고에서는 중국 합비1중 대표단이 참가한 가운데 10년 전 교류 행사를 추진했던 전 서산시 교육장을 비롯한 내빈을 모시고 지난 10년을 되돌아보고 앞으로의 다짐을 새롭게 하는 자리가 되었다.

학교장인 나는 그 자리에서 다음과 같은 인사말을 했다. "한국과 중국은 거리상으로 매우 가깝고 역사적으로는 항상 궤적을 함께 해 온 우방이었다. 2차 세계대전 이후 이념의 차이로 국교가 단절되었

〈기념식 후 주요내빈〉

다가 회복된 지 10년이 지나 서산시 교육청과 합비시 교육국이 교류하기로 하여 서산시의 서령고등학교와 안휘성 합비1중이 자매학교의 결연을 맺고 방학을 이용하여 학생과 교직원이 한해도 거르지 않고 10년 동안 형제의 연을 이어갔다. 이렇게 교류가 지속적으로 이루어진 것은 합비1중의 진동 교장선생님의 적극적인 협조가 있었기에 가능했다고 본다. 또 양교 교직원 및 학생들과 학부모의 사명감 또한 크게 작용했다. 과거 단절되었던 양국의 문화는 쉽게 연결점을 찾았고 그 문화를 서로 이해하며 아시아의 자긍심을 함께 누릴 수 있었다."

2002년 중국 교육국에서 합비1중 진동 교장선생님과 손을 처음 잡고 자매학교의 인연을 맺던 날 이미 오래된 친구 같은 느낌을 받

〈합비1중 특별출연 학생〉

앉다. 도도히 흐르는 양쯔 강, 활기가 넘치는 거리, 대륙의 역사가 힘차게 흐르던 안휘성 합비, 그리고 합비 제일중학, 안휘성 최고의 학교로 자리매김한 1중에게 우리가 많은 것을 배웠고, 합비1중 역시 서령고를 통하여 많은 것을 배웠다고 말했다.

양교에서는 교류 10주년을 기념하여 10년간의 발자취를 담아 아담한 화보집을 발간하여 서로 교환하였다. 서령고등학교에서는 「금란의 향기」라는 제1호의 화보집을 이평수 선생님이 중심이 되어 간행했고 합비1중에서는 「일십 년 우정」이라는 제1호의 화보를 만들었다. 합비1중의 화보 발간사에 '십년 우정'이란 제목의 다음과 같은 글이 게재되었다.

〈서령고에서 제작한 화보〉　　〈합비1중에서 제작한 화보〉

「허리띠만큼 좁다란 강을 사이에 둔 듯 가까운 우리 사이, 화기 어린 우정이 싹트자, 바다 사이에 중국과 한국의 유구한 문화 역시 물결치며 흐른다. 10년, 우리의 친절함은 오랠수록 향기 진할 것이며, 우리의 우의는 하늘과 땅처럼 영원하리라. 지난 10년 양교의 성장을 증명한 세월, 지난 10년은 개척과 진취의 시간이었어라

<중략>

우리는 드높은 정신을 중·한 양국의 대지에 드날렸고 우정이라는 나무를 가꾸었노라. 오늘 우리는 다시 저 대양을 넘어 함께 손을 잡고 찬란한 미소로 약속하노라 다음 10년을 같이 걸어가자고

「2011. 7. 합비1중」

서령 꿈나무 장학재단 설립

추진배경

매년 서산시에 소재한 고등학교의 모집인원에 비해 지원자가 감소하여 일부 학교는 미달사태가 오고 있다. 그 원인은 서산시에 학생이 부족해서가 아니라 천안, 공주, 심지어 홍성에 소재한 외지 학교로 진학하기 위하여 유출되기 때문이다.

외지학교의 학업 성취도가 높다기보다는 우수 학생 유치를 위한 각종 장학금이 많아 적극적 학생 유치의 결과로 판단되었다.

서산에는 인재육성재단 등 장학재단이 있으나 서산의 학생이 외지 유출에 대응하기는 어려움이 있다.

꿈나무장학재단발기인총회

    이에 서령고등학교에서도 박재중 장학재단 이외 학생들에게 혜택을 줄 장학재단의 필요성을 느껴 2003년 이후 장학금으로 모금한 금액 가운데 심종훈 님 외 75명이 출연한 3억 5천 7백만 원은 자본금으로 가칭 「서령고등학교 꿈나무 장학재단」을 설립하기로 했다.

    추진위원회에서는 2011년 12월 22일 발기인 대회를 갖고 장학기금 200만 원 이상을 출연한 20여 명을 초청, 장학재단 설립에 대한 설명과 동의를 구하고 재단설립에 관한 제반서류를 갖춰 도 교육청에 서령꿈나무 장학재단을 신청하기로 결의하였다.

    서령 꿈나무 장학재단의 이사장에는 서령고 동문인 정수도가, 이사에는 기금 1억 원을 출연한 심종훈 등 기금 고액 출연자가 그리고 감사에는 언론인 임봉순 동문, 서산시의회 장승재 동문이 맡기로 했다.

서령고등학교 꿈나무 장학재단

본 재단은 사학의 명문으로 55년의 전통을 지닌 서령고등학교를 진정

으로 아끼고 사랑하는 지역인사, 학부모, 동창생, 기업체 대표 등이,

향학열에 불타는 서령고등학교 재학생과 학생을 열과 성을 다하여

지도하는, 교직원에 대하여 힘을 북돋아 주고 장차 국가사회에 기여

할 수 있는 인재를 양성하고자 서령고등학교 운영위원회에서 10년간

모금한 장학금을 기본으로 하고 있습니다.

이 장학재단은 앞으로 학업 성적 향상 및 기능 계발에 경제적 어려움

으로 교육 기회를 누리지 못하는 서령고등학교 학생 가운데 인재를

발굴하여 그 재능과 소질을 계발할 수 있도록 적극 지원, 교육 활동

을 활성화함으로써 본 재단에 출연한 모든 사람의 숭고한 뜻이 실현

되고 영속될 수 있도록 노력을 경주코자 합니다.

2011. 12. 22.

서령고등학교꿈나무장학재단 설립추진위원 일동

제5장

학교를
가꾸는
사람들

학부모 편

서령고 학부모의 마음

당신의 아이들은 당신의 것이 아닙니다.

그들은 당신을 거쳐 태어났지만

당신으로부터 온 것은 아닙니다.

당신이 아이들처럼 되려고

노력하는 것은 괜찮지만

아이들을 당신처럼 만들려고 하지 마세요.

삶은 거꾸로 흐르지 않으며

어제에 머물러 있지도 않기 때문입니다.

부모는 활이며 자식은 날려 보내야 할 화살입니다.

카릴지브란(레바논 예언자. 1923년)

세상에 태어난 아이가 어떻게 자라느냐는 전적으로 부모의 교육 태도에 달려있다고 해도 과언이 아닐 것이다.

좋은 교육을 하기 위해서는 원숙하고도 사려 깊은 교육 가족들의 철학이 있어야 한다고 본다. 교육 가족들이 교육적인 식견이 없이 개개의 문제를 그때마다 나누어서 다루려 한다면 그러한 사람은 자기의 교육적 책임을 현명하게 수행할 수가 없게 된다.

나는 평소 학교 교육의 중요한 한 축은 학부모의 몫이라고 생각하면서 학부모들께 '가정교육지침서'를 만들어 배포하고 '함께 교육하자'고 강조했다. 많은 학부모가 학교의 교육활동을 적극 지지하고 우호적인 시선으로 응원을 보내줬다.

그러나 자녀를 자율성을 가진 존엄한 인격체라는 관점보다는 어른들 희망대로 만들어가거나 뜯어고칠 수 있는 물건쯤으로 생각하는 경우도 있다. 자녀는 부모들의 연장이어서 부모를 닮는 것이 최상의 모습이고 부모의 생활태도나 포부와 목표를 그대로 받아서 성취하기를 고대한다.

비록 부모를 닮았으되 부모와는 다른 독특한 삶을 살 수 있는 독립된 인격체라는 믿음을 갖게 하는 것이 중요하다.

서령고등학교에 자녀를 입학시킨 학부모의 자긍심이 점차 변하기 시작했다. 언제부터라고 딱히 말하기는 어렵지만 2000년대 들어와 학부모의 학교에 관한 관심이 폭발적으로 증가하며 자모회가 개최되면 재학생의 절반 정도의 자모가 회의에 참여하여 학교의 교육활동 및 자녀의 미래에 관심을 가졌다.

서령고 자모회가 개최되는 날 선출직 임원들이 회의장 앞에서 참석한 자모들께 인사하는 진풍경도 이때 시작되었다. 학교에서는 차분하게 학부모께 당부하는 연수를 끊임없이 진행했다.

교육환경의 변화에 따른 학부모 역할

연수자료(예시)

학부모의 역할

머리말

우리나라 학교 교육의 성과는 지난 40여 년간 놀라운 경제성장의 견

인차 역할을 해 왔다는 점에서 그 공적을 인정받고 있다.

고도성장을 위한 인적 자원을 적시에 공급하여 국가 발전에 기여했고

그 공은 국민의 높은 교육열에 있었다. 그러나 지금 우리의 현실은 학

교 교육을 받았다 하여 전문적 역량을 지닌 사람으로 평가받거나 원

하는 직장에 취업이 되지 않는 경향이 많다.

지식정보화 시대로 대변되는 21세기는 우리나라뿐만 아니라 전 세계적으로 지식생애의 주기가 짧아지고 지식 창출을 위한 노력이 강화되면서 학교교육의 중요성이 새롭게 제기되고 있다. 과거 안정적이고 우월한 지위를 누렸던 학교 현장이 '공교육붕괴'란 신조어처럼 많은 사람으로부터 차츰 불신과 외면의 늪으로 빠져들고 있다. 그러므로 이 시점에서 우리의 관심은 분명하다.「교육환경의 변화에 따른 학교 교육은 어떻게 변해야 하고 변화의 정점에 있는 학교지도자와 또는 변화의 주체인 학생, 학부모는 어떤 노력으로 학교 변화에 역할을 해야 하나?」이다.

본 고에서는 학교 교육환경의 변화에 따른 학부모의 역할을 살펴보고자 한다.

<중략>

교육환경의 변화에 따른 학부모의 역할

학부모는 학교의 부정적인 면만 보고 학교를 정화의 대상으로 보는 경향이 강하다. 내 아이만을 위한 학교를 생각하다 보니 내 아이와 배치되는 모든 것에 대하여 마땅치 않게 생각하기 때문이다. 이제부터는 학교를 정화의 대상이라 생각하지 말고 내 아이뿐만 아니라 우리 모든 아이의 성공적인 교육활동의 장소로써 바람직한 교육활동의 장이 되도록 학부모의 역할이 강화되어야겠다. 그러기 위해서는 학부모 스스로 교육활동의 주체자임을 인식하고 우호적으로 학교 교육활동에 적극 참여해야 한다.

참여 방법에는 다음과 같은 방법이 있다.

가. 학부모의 인적 자원을 학교에 적극 제공해야 한다.

 - 학부모 중에는 교육학을 전공했거나 교육에 전문적 지식을 갖춘 사람이 많다. 이런 우수한 인적 자원이 학교 교육에서 활용될 때 교육력은 더욱 향상될 수 있다.

나. 학부모는 교육의 간접 주체로 당당해야 한다.

 - 학부모는 학생 교육에 기본적인 권리를 가지고 있다. 학생들을 위한 바른 인성과 창의력을 기르며 다양한 교육 프로그램을 개설해 줄 것을 요구할 수 있다.

다. 학부모는 학교에 다양한 정보를 제공해야 한다.

 - 학부모는 새로운 정보와 아이디어를 학교에 제공하여 채택되고 활용되어 학생교육에 도움이 되도록 해야 한다.

라. 학부모는 학교에 봉사하는 자세여야 한다.

 - 지금까지 학교에 대한 봉사활동은 매우 수동적으로 학부모 임원이나 학교의 요청이 있는 경우에 한정되어 있었으나 좀 더 주체적이며 적극적으로 학교와 소통하며 참여해야 한다.

1) 교육보조 활동 : 교육 도우미, 시험감독, 교재교구 제작, 명예 교사제, 예절교육, 시민교육, 독서교육, 범죄예방 순찰, 급식지도 등

2) 학생 상담 및 생활지도 : 청소년 상담, 다문화가족 상담, 금연·게임

중독방지, 유해환경감시, 명예 선도 교사 등

3) 지원사업 : 물품지원, 장비 및 시설지원 등

4) 아름다운 학교 만들기 : 교실 환경 개선, 화단 가꾸기, 꽃길 조성, 화장실 문화 개선 등

5) 학교행사 지원 : 학교행사, 자원봉사, 민원인 설득 등

6) 각종 위원회 활동 참여 : 학교운영위원회, 학교폭력대책자치위원회, 급식소위원회 및 각종 위원회에 참여

7) 기타 : 학교축제, 바자회, 도서관 활성화, 문화교실, 평생학습 수강 및 작품 발표회, 학부모 연대 각종 단체 참가 등

8) 학교 교육활동의 모니터링 역할 : 학교발전에 도움이 되는 각종 사안에 대해 모니터링하여 학교에 제공함으로써 학교 발전에 도움이 될 수 있다.

- 학교운영위원회 심의사항, 교과서채택, 급식, 교복업체 선정, 앨범 선정, 평생교육 평가 등

맺음말

우리가 살고 있는 21세기의 사회는 여러 가지 측면에서 많은 변화가 일어나고 있는 사회이다. 지금까지 교육 발전이라는 이름 아래 갖가지 이상적인 교육 정책의 시험대에서 우리의 교육현장은 햇빛이 안 들어 풀 한 포기 자라지 못하는 그늘지고 황폐화된 박토가 되고 말았다. 그렇게 된 원인은 여러 가지가 있겠지만 학부모의 역할도 한 요인이었음은 분명한 사실이다. 세계 각국이 교육개혁에 박차를 가하듯 우리

도 그 대열에서 벗어날 수 없는 상황이다. 특히 우리나라는 지금 공교

육의 위기, 사교육비 절감 문제, 교육비리 근절, 입시부담 경감, 다문

화가족 자녀 교육방안 등 국가적 관심의 중심에 교육이 함께 하고 있

음은 어떤 형태로든 교육의 패러다임이 달라져야 한다는 요구이다.

학교의 변화는 학교장이 정점이 되어 구성원들이 공동으로 참여하게

되어있다. 특히 학부모의 역할은 매우 중요한 위치에 있다. 학부모의

교육활동에의 적극적인 참여가 학교의 든든한 네트워크가 되어 훌륭

한 에너지로 승화, 총체적인 교육력 향상에 기여하게 될 것이다.

　　서령고등학교 학부모는 학교의 교육활동에 적극 도움을 주었다.
　　자모회와 아버지회에서도 앞에서 제시된 분야는 물론 자발적인
참여로 학부모회가 활성화되고 학생 교육에 도움을 주어 충남교육
청의 모범 사례가 되었다.

자율학습도우미 협의회

자녀와 함께 느끼는 감동

명문학교에 다니는 학생들의 학부모는 자녀에 대해 긍정적인 자기인식을 하고 있다. 간혹 욕심이 지나친 학부모는 학업성적이 오르지 않는다며 '우리 애는 머리가 나쁘다'라고 하는데 그러다 보면 아이들은 스스로 그렇게 믿어버리고 만다. 어른들도 잘한다고 칭찬해주면, 더 자신감이 생기지 않는가. 스스로를 머리가 나빠서 공부를 못한다고 부정적으로 인식한다면 그 아이는 더 이상 일어서지 못한다. 성적이 조금 뒤처진다고 포기해서는 안 된다. 공부는 비록 못하지만 잘하는 무언가를 찾아 그것을 강점으로 키워주면 되는 것이다.

나는 학부모에게 강조하는 말이 있다.

"아이들에게 감동을 선사하자"는 것이다.

학생들에게 감동을 선사할 사람은 기성세대, 즉 학부모의 몫이다. 이 사회는 구성원들이 서로 도우며 살아가는 곳이다. 누구도 혼자서는 단 며칠도 살아가기 힘든 곳이 바로 인간사회다.

이런 태도와 기술은 학교와 학급 속에서 학생들이 서로 경쟁, 시기, 질투하기보다는 양보, 협동, 사랑, 나눔의 학교현장 속에서 형성되어 갈 것이다.

서로 간의 경쟁을 없애는 것이 아니라 경쟁이 있기에 승리와 패배 그리고 성취와 좌절의 순간을 맛보는 것이다.

학부모는 승리와 성취의 기쁨을 맛보기 위해서는 자녀들이 정정
당당하도록 지도하고 실천하도록 해야 한다.

성모회 운영

학교장 취임 이후 학교를 가꾸는 사람 중에서 높은 비중을 차지하
고 있는 학부모의 노력에 대하여 고민하기 시작했다. 자녀가 입학한
후 3년 동안 학교에 관심을 갖고 물심양면 협조를 하여 학교 교육활
동에 함께 참여하며 많은 도움을 주는 분들이 학부모다.

특히 학부모의 대표로 학교와 유기적인 협조체제를 유지하며 궂
은일도 마다하지 않고 하는 회장단 즉 육성회, 자모회 책임자에 대
하여 어떤 관계를 설정할 것일까 하는 문제다.

나는 과거 학부모 대표를 역임한 인사들에게 연락하여 모임을 갖
고 2000년 서령고등학교 운영 현황에 대하여 안내를 드리고 학교가
발전한 이면에는 그간 회장단의 노고에 힘입은 바 크다는 것을 정중
하게 이야기했다. 학부모 회장단을 역임했던 분들 또한 이런 학교
활동을 매우 흡족하게 생각하고 있었다.

한규남^현 서산시의원 회장 등이 제안하여 역대 서령고등학교 육성
회, 자모회 회장단을 역임했던 분들의 모임이 결성되었다. 육성회의
'성'자와 자모회의 '모'자를 따서 '성모회'라 하고 회장, 간사 등 운영
협의체와 간단한 「정관」도 만들어 본격적으로 운영되었다.

매월 1회씩 모여 회비를 갹출하여 자녀가 다녔던 서령고의 교육
활동에 지원함은 물론 전국 체육대회, 전국 관악경연대회 등에 직접
참가하여 격려를 아끼지 않았다. 그뿐만 아니라 중국 자매학교인 합
비1중을 직접 방문하여 학교현장을 견학하며 학생들의 교육활동을
격려하고 그곳 교육관계자들과 교육 관련 의견을 교환했다. 그리고
학교의 안내를 받아 구화산 등 명산을 관광하기도 했다.

〈성모회 회원들의 합비시 연수, 구화산 입구에서〉

졸업생 학부모의 모임인 「성모회」는 서산 학부모 사회에 새로운
반향을 일으켜 관내 초·중학교에서까지 비슷한 모임이 만들어져 학
교교육활동에 이바지하고 있다.

동창생 편

동창회

동창회란 같은 학교를 졸업한 사람들이 모여 서로 친목을 도모하고 모교와 연락을 하기 위하여 조직한 모임으로 동문회 혹은 교우회라 부르기도 한다.

역사와 전통을 자랑하는 모든 학교에는 동창회가 조직되어 있으며 동창회의 영향력은 학교뿐만 아니라 지역에도 미치며 당해 학교 발전에 가장 큰 기여를 하고 있다.

〈동문전야제에서 인사말하는 필자〉

서령고등학교 동창회도 개교와 더불어 조직되어 운영되어온 전통 있는 단체다. 중·고등학교가 병설로 유지된 관계로 서령중·고등학교 동창회로 운영되다가 1990년대 초, 중학교 동창회, 고등학교 동창회로 분리되어 운영되고 있으나 서울, 인천에 있는 동문들은 그대로 서령중·고 재경, 재인 동문회로 돈독한 우정을 기리고 있으며 대전, 부산 등지에는 서령고등학교 동창회로만 운영되고 있는 실정이다.

총동문회에서는 1986년 개교 30주년 행사를 중·고등학교 총동창회 주관으로 진행했다. 개교 30주년 기념행사는 서령중고 동창회가 구성된 후 가장 큰 행사였다. 장경석 총동문회장 주관으로 진행된 행사에는 처음으로 교사 편찬 작업을 했다. 30년 역사를 편찬하여 동문들에게 모교에 대한 자긍심을 고취시켰으며 교시탑을 건립하여 등하굣길의 모교 후배들에게 애교심을 갖도록 했다.

재학생 모두가 축제의 장을 만들어 즐길 수 있도록 했고 시민들을 위한 불꽃놀이 등 당시 서령중·고등학교의 발전된 모습을 동문의 힘으로 서산 시민에게 보여주는 계기가 되었다.

2006년 중학교 동문회와 고등학교 동문회에서는 반세기 역사를 기념하기 위하여 기념사업회를 구성한다. 학교에서도 지난 50년의 역사를 정립하고 미래 100년의 꿈을 실현하기 위해 힘을 보탰다.

중학교 이은관, 고등학교 차성남 총동문회장은 50주년 행사를 치르기 위해, 오랫동안 동창회 활성화에 기여한 이승재 전임회장을 추

진 위원장에 추대하였다. ^{자세한 내용은 전장에 기술됨}

서령고등학교 총동창회는 매년 가을 총동문회가 주최하고 주최 기수가 주관하여 모교에서 진행하고 재경 서령중·고 동문회는 매년 12월 송년회를 겸하여 출향 동문 중심으로 성대하게 진행된다.

학교에서는 학교장을 비롯한 동문회 일을 하는 교사들이 함께 참석하여 학교 발전상을 소개하는 등 유대강화에 힘을 쓴다.

재경 서령 동문회는 매년 연말을 맞이하여 용산에 소재한 전쟁기념관 컨벤션센터에서 재경 동문들이 모여 한 해를 회고하며 친목을 도모하고 모교 발전을 의논하는 자리를 갖는다.

재在 대전 서령고등학교 동문회도 매년 말 송년의 밤을 개최하여 단합을 꾀하고 봄에는 춘계 체육대회를 가족 모두 참여한 가운데 친목 도모의 장으로 진행된다.

동문들은 각자 자기가 일하는 분야에 학교 교직원과 동문회 간부를 초청하여 직업의 이해를 돕는 계기가 많이 마련되었다. 심동현^{고26회} 중령은 판문점 경비대장으로 재임할 당시 교직원 및 동문회 대표를 판문점으로 초청, 군사분계선의 현실을 직접 체험할 기회를 만들어 주기도 했다.

이밖에 재 인천, 재 부산, 재 당진 등 서령동문회가 활동을 하고 있으며 직장별 동문회가 활동하며 모교에 다양한 지원을 하며 활동하고 있다.

〈좌로부터 이승재 동창회 고문, 심현직 이사장, 필자, 심동현 중령, 심걸섭 육성회장〉

〈법인이사장내외분과 서령교육가족일동〉

홈커밍데이 행사

2009년 1월에는 기별 동창회가 개최하는 홈커밍데이가 수도회관에서 개최되었다. 고등학교를 졸업한 지 30년이 지난해 개최하는 홈커밍데이에는 많은 졸업생이 참가하여 학창시절을 회고하며 옛 은사님들을 모시고 보람 있는 시간을 갖는다.

≫» 23기 홈커밍데이를 환영하며 «

사랑하는 서령고 23기 졸업생 여러분!

또 자리를 함께해 주신 임중호 교장 선생님을 비롯한 은사님!

1만 3천여 동문을 대표하는 이승재, 차성남, 조동식 회장님 등 동문과 장유훈 재경동문회장님, 그 밖에 오늘의 행사를 축하해 주시기 위해 자리를 함께하신 서령교육가족 여러분!

기축년 새해가 희망의 문을 연 지 10일이 지났습니다.

오늘은 서령교육가족의 신년 하례인 동시에 동문 간의 우애와 정을 나누면서 감사의 존경을 실천하는 자리입니다.

이 자리는 30년 전 고난과 역경을 헤치고 서령교문을 나선 제23기 동문들이 뜻을 모아 오래전부터 준비한 뜻깊은 자리이기도 합니다.

여러분이 서령고를 졸업하던 1978학년도에 졸업생 347명 총 졸업인원 누계 1,770명이었습니다[20기까지 997명이었으니까요].

30년이 지난 2008학년도 현재 졸업횟수 52회, 누계졸업생 13,230명이 되었습니다. 최근 10년간 대학진학률[98%], 서울대[45명], 사법고시 합격자[11명], 각종 국가고시 합격생[100명]이 넘는 충남최고 명문 학교로 성장했습니다.

2000년 이후 서령고등학교는 충남을 뛰어넘어 전국의 명문학교로 이름을 높이고 있습니다. 최근의 성과를 말씀드리자면 KBS 교양프로, '도전 골든벨'에서 38대 골든베러 탄생으로 서령의 이름이 전국에 알려졌고, 교육부 선정 전국 최우수고교, 본교에서 육성하는 카누부는 전국체육대회 7연패 및 국가대표[3명] 배출했고 한국의 노벨상이라 일컫는 올해의 과학자로 본교 출신 방효충 박사가 영예롭게 선정되었으며 그밖에 전국수학·과학 경시대회 최우수교 3회 등 감히 시골의 학교에서는 상상 못 할 많은 일이 여러분 모교에서 일어났습니다.

금년 졸업예정 학생들도 현재 서울대[5명], 고려대[5명], 경찰대, 사관학교, 카이스트 등 150여 명이 현재 합격하였고, 나머지 150여 명도 금주와 내주에 대학별로 시행되는 논술고사 등이 끝나면 1월 말 최종 합격자가 발표될 것입니다.

3년마다 시행하는 2008학년 충남 도내 학교평가에서 3회 연속 최우수 학교로 선정되었으며, 충남도지사와 서산시장께서 명문학교 만들기 프로젝트를 시행하는바 본교가 2009년부터 3년간 16억 원의 학년신장 연구비를 받아 학생들의 학력을 높일 계기를 마련했습니다.

사랑하는 23기 졸업생 여러분!

작년 후반부터 거세게 불어 닥친 경제위기는 우리 모두의 삶을 뒤흔드는 어려움을 겪게 합니다.

새롭게 출범한 이명박 정부에서는 무한대의 교육개혁을 통하여 세계인과 어깨를 나란히 하겠다는 정책을 펴고 있습니다. 과거 평등지향에서 이제는 경쟁지향으로 가겠다는 방향을 설정하고 전국 2,100여 개 고등학교를 기숙형 공립150개, 마이스터50개, 자율형 사립고100개를 2012년까지 완성을 목표로 추진 중에 있습니다. 이에 기숙형 공립고 90개가 선정 발표되었고 마이스터 교도 30여 개 발표되었습니다. 아직 자율형 사립고에 대해서는 금년 중 50개 정도 발표계획에 있습니다.

문제는 서령고등학교의 미래입니다.

지금까지 임중호 교장 선생님을 비롯한 훌륭하신 선생님과 동문들의 성원에 장족의 발전을 한 서령고의 미래입니다.

학교법인서령학원에서는 닥쳐올 변화에 대비하고 미래 50년의 발전을 도모하기 위한 프로젝트를 만들어 가고 있습니다. 아직 구체화 되지 않았지만, 현재 학교 부지를 매각하고 인근 서산 테크노밸리 신도시에 새로운 캠퍼스를 마련하고 재도약의 기회를 꿈꾸고 있습니다.

이 사업은 학교 법인 이사회에서 신중하게 검토 중인 사항으로 결정이 되면 충청남도교육청의 승인절차 등 광범위한 여론을 듣는 과정이 있을 겁니다. 서령의 장래와 관련된 중대한 사안이니만큼 전체 동문, 지역인사, 학부모님들의 의견을 참고하여 결정해 나갈 것으로 압니다. 그러나 50년 된 낡고 허물어진 정체된 현재의 분위기를 일신하기 위해서는 투명한 예산집행을 통한 미래를 제시해야 할 시점에 도래했습니다.

존경하는 은사님, 그리고 사랑하는 23기 후배 여러분.

서령50년 전통이 지역주민과 동문들에게 자랑스러운 영광으로 자리매김하여야 할 것입니다. 그것은 이 학교를 졸업한 선후배 간의 우애가 돈독하고 자기 역할을 확실히 하는 자세에서 비롯될 것으로 생각됩니다.

서령고등학교 재학생들의 면학 분위기와 인성교육은 저를 비롯한 교직원들이 확실히 챙길 것입니다.

동문 여러분께서는 학교에 대한 우호적인 마음을 갖고 정신적, 물질적 도움을 주시는 데 있다고 봅니다.

피타고라스는 「이 세상에서 가장 중요한 것은 무엇인가 그것은 삶을 어떻게 살아야 하느냐를 가르쳐주는 것이다.」라고 했습니다. 인생을 사는 지혜와 방법을 가르쳐주는 일이야말로 무엇보다 중요하다 봅니다.

오늘 서령고 제23회 졸업 30주년 기념행사야말로 동기 여러분의 슬기와 의지가 결집된 아주 모범적인 전통수립의 기회가 아닌가 싶습니다.

이 행사준비를 위해 노심초사 애쓰신 기념행사 추진 위원회 국중범 위원장과 서울, 대전, 서산 등 지역별 책임자 그리고 서령고에 재직하며 가교역할을 잘하는 유수필 동문을 비롯한 추진위원 모두에게 감사드립니다.

자리를 함께하신 임종호 교장 선생님을 비롯한 은사님의 건강과 행복을 기원합니다. 또 여기 계신 모든 분이 행복하시기 기원하며 학교장의 인사말씀을 마치겠습니다. 감사합니다.

2009. 1. 10

이 시기에는 동문들의 활동이 각계각층에서 활발하게 이루어졌다. 서산시의회 이완복고 10회 동문이 의회의장에 선출되었고, 김기욱, 장승재, 임재관 동문이 시의원에 당선되어 활발한 의정활동을 하고 있다.

장학금 지원

총동문회에서는 매년 모교에 재학하는 후배들을 위해 정성 어린 장학금을 기탁한다. 장학금이 부족하여 지역의 우수 자원을 외지 학교에 빼앗기는 상황에 누구보다 동문들이 마음 아파했기 때문이다. 신승철, 유용산 회장 등은 장학재단을 만들고자 대대적인 동문 모금 활동을 전개하기도 했다.

1990년대 로보트 보일러 창업자인 성증석 사장의 모교 장학금 기탁은 우수 학생 유치에 큰 보탬이 되었다.

새 천년에 들어와 동문들의 장학기금 및 발전기금이 획기적으로 늘어났다. 성공한 기업인 정수도, 홍성열, 이강열, 이재남 그리고 학계에 있는 최병순, 박창평 교수, 의료계 윤대영, 함정오, 정인성 동문 등과 LG화학, 오일뱅크, 법조인, 세우회, 태안군청 재경, 재대전 서령동문들이 매년 장학금을 학교에 기탁했다.

그 가운데 고 박재중 장학재단과 마리오 홍성열 장학금에 대하여 서술하고자 한다.

1) 박재중 장학재단 설립

박재중 장학재단은 2005년 12월 22일 수도회관에서 창립기념식을 했다. 고 박재중 동문은 서령고 21회 졸업생으로 고려대학교에서 수학한 후 삼성그룹에 입사, 헌신적인 노력을 하여 삼성그룹 회장실 전무이사로 재직했다.

〈설립자 부인 이주안 여사에게 감사장 수여 장면〉

학교에서는 장학금 확보를 위하여 독지가를 찾던 중 박재중 동문에 대한 정보를 얻었고 어렵게 전화번호를 확보하여 통화했는데 삼성서울병원에 입원치료 중이었다. 병환의 위중함은 모른 채 만나기를 청했더니 "올라오시라" 하고 대답했다.

　당시 한철웅 지역사회부 선생, 심현욱 행정실장과 병원을 찾아 박재중 동문을 처음 봤을 때 투병 생활이 깊어 힘들어하고 있었다. 그러나 눈빛은 초롱초롱했고 모교 교장의 방문에 예를 다해 맞아주었다.

　차마 장학금 얘기를 할 수 없어 "몸조리 잘하시라" 인사하고 나오려는데 "선배님, 말씀하고 가세요. 괜찮아요!"

　그때 망설이다가 올라온 연유를 말했다.

　"얼마가 필요하신가요?"

　나는 마음속으로 1천만 원 정도를 생각했지만 박 동문의 건강상태를 보며 그 말을 할 수가 없었다. 망설이는 나에게 "5천만 원이면 될까요?" 하고 되물었다.

　그 큰돈을?, 나는 그 자리에서 장학금의 쓰임과 재단설립 등 몇 가지 얘기를 했다. 재단설립에 관하여 묻기에 3억 원이 기본 재산이라고 했다.

　박 동문은 잠시 부인과 얘기를 나누더니 자신이 3억 원을 출연하겠다고 말했다. 예상치 못한 그의 제안에 나는 당황했다 그리고 나의 가슴에선 눈물이 흘렀다. 지극한 모교 사랑에 감동하였고 아픈 사람에게 장학금 얘기를 한 나 자신이 야속했기 때문이다. 박 동문은 "3억은 재단설립에 쓰고 500만 원은 올해부터 우수학생 장학금으로 쓰라"며 즉석에서 3억 500만 원을 기탁했다.

〈재단 이사회 후〉

박 동문의 고3 담임선생님이었던 황택순 선생님을 이사장으로 모
시고 제21회 동문인 정종석, 한중구, 김동열, 정제호와 학교장인 김
기찬 그리고 심걸섭, 서병선 등 지역인사, 가족인 이주안 여사를 발
기인으로 2005년 7월 1일 법인설립을 위한 절차를 갖춰 충남교육청
에 서류를 제출했다.

박재중 동문은 설립허가가 나오기 전 영면했고 설립허가는 그해
12월 초에 나와 12월 22일, 고 박재중 동문의 부인 이주안 여사를 비
롯한 가족 및 박동문이 다니던 종교계인사 그리고 교육계 인사와 학
교를 가꾸는 100여 명의 관련자를 초청하여 본격적인 장학사업의
시작을 알렸다. 박재중 재단은 본래의 사업에 충실하여 지역의 성적
우수학생 및 모범학생에게 많은 혜택을 주고 있다.

〈재단 설립에 애쓴 한철웅 선생님을 표창하는 황택순 이사장님〉

고등학교에 개인이 장학재단을 만들어 기증한 예는 충남에서는 최초로 노블레스 오블리주를 실천한 것으로 많은 이들의 가슴을 울렸다.

2) 마리오 장학금

서령동문으로 IT산업뿐만 아니라 전통산업분야에서도 기업가 정신이 얼마나 중요한지를 절실하게 일깨워 준 홍성열 박사의 모교 사랑 정신이 귀감이 되었다.

2000년 초부터 서령고등학교의 우수 신입생 유치를 위한 장학금 기탁과 서령중, 고등학교 교직원에게 고급 체육복기증, 개교 50주년을 맞이하여 모교의 교문이 낡고 좁아 학생들의 출입이 불편함을 알고 거금을 들여 교문을 신축하여 주었고 서령 꿈나무 장학재단에 5천만 원을 기탁하여 후배들의 면학 의지를 북돋아 주었다.

홍성열 박사가 경영하는 명품 니트브랜드 '까르뜨니트'와 대한민국 최초 패션 정통 아울렛인 '마리오 아울렛'은 신화 그 자체이다.

마리오 아울렛 37년의 역사는 까르뜨니트로부터 시작됐다. 1980년 200만 원으로 직원 4명과 함께 시작한 니트브랜드 까르뜨니트는 홍성열 박사의 혼이 담긴 패션 브랜드다. 니트가 겨울에만 입는 옷이라는 개념을 깨고 사계절 내내 입을 수 있는 옷이라는 발상의 전환을 통해 새로운 토종 니트 브랜드를 완성한 것이다.

홍 박사는 국내에 선진유통기구인 아울렛에 대한 개념이 생소하던 2001년, 구로공단에 마리오아울렛을 열었다. 당시 많은 공장이 생산시설을 해외로 이전하면서 공업단지 본연의 모습이 퇴색됐고, IMF로 구로공단의 대형 의류업체가 문을 닫던 황무지와 같았던 그곳에 유명 브랜드 제품을 합리적인 가격에 구매하길 원하는 소비자가 많다는 확신으로 도전한 것이다. 오늘날 구로공단의 새 탄생의 시발이 되었다.

국내 최초 정통 패션 아웃렛인 마리오아울렛을 오픈하고 신흥 패션단지를 만들어 홍 박사는 유명브랜드의 재고상품을 저렴한 가격에 판매하는 마리오아울렛 오픈으로 패션제조업체에게는 안정적인 재고판매처를 제공했고 소비자에게는 1년 365일 유명브랜드를 저렴한 가격으로 구입할 수 있는 기회를 제공한다.

〈홍성열 마리오 회장〉

마리오 홍 박사는 고향과 모교에 대한 장학금 지원뿐만 아니라 회사가 소재한 지역 주민들과 함께할 수 있는 사회 활동에도 적극적이다. 금천구 상공회 회장직을 역임하며 중소 상공인 경영 애로를 해소하기 위한 위원회 설치와 관내 중소기업 홍보지원사업이 그것이다. 소리소문없이 사내 바자회를 통해 수익금 일부를 농아인 협회를 통해 지원했고 희망플러스 꿈나래 통장사업과 장애우를 후원하는 '금나래 합창단'의 정기 연주회 지원, 다문화 가족을 위한 다양한 지원이 계속되고 있다.

홍 박사의 신념으로 마리오아울렛 신입사원들은 입문교육과정 내 필수과정으로 편성된 지역 봉사활동을 진행하며 지역사회와 나눔을 실천하고 사내 봉사 문화정착에도 기여하고 있다.

마리오 홍 박사는 「정직」을 사훈으로 정도 경영의 수범을 보이며 입점업체와의 '상생관계'를 준수함으로써 윤리경영을 실천하는 자랑

스러운 동문으로 2015년 2월 4일 서강대학교에서 명예경제학박사를
받았다.

〈법인이사장과 역대 재경 서령동문회장과 함께, 좌로부터 정종진, 필자,
송영덕, 안상기, 법인이사장, 홍박사, 최종만, 장유훈회장〉

〈개교 50주년 행사 후 감사의 뜻을 전달하는 필자〉

지역인사

지역인사

"지역의 인재를 지역에서 키워야 지역이 산다." 최근 들어 많은 지방자치단체가 학교를 발전의 중심에 놓고 지원을 아끼지 않고 있다. 열악한 지방재정 사정임에도 불구하고 지역 인재를 키워야 지역이 산다는 공감대가 확산되어 각 자치단체와 지역 의회에서는 경쟁적으로 조례를 제정하여 학교의 교육환경을 개선함은 물론 각종 교육경비를 지원하고 있다. 과거 학교 교육은 교육부와 교육청의 몫이라고 주장했던 몇몇 인사들의 목소리는 잦아든 지 오래다. 교육을 통하여 인간의 인격적 성장과 행복, 그리고 그 지역의 민도를 높여 간다는 사실이 확인되었기 때문이다.

〈서산지역소재 기업체 방문 연수 후〉

인간은 대부분의 동물과 마찬가지로 군거성을 지니고 있다.

학창시절에는 고향을 떠나 외지에서 학교 다니는 것이 보편적 소망이지만 결국 나이를 먹으면 고향을 찾아 정착하고픈 마음이 있다

그때 자신의 고향이 더욱 발전적이고 자신을 비롯한 주변인에게 새로운 문화적 혜택이 주어지기를 바란다. 교육이 사회지향적이며 발전지향적이 되기 위해서는 지역사회와의 소통과 지역인사의 관심이 매우 중요하다.

그들이 의도적이고 계획적인 교육과정은 운영할 수 없을지라도 교육환경을 개선하여 지역 내 학생들에게 학습에 필요한 지원을 해주어야 한다는 사명의식 때문이다.

그런 면에서 지역의 지도자들이 학생들에게 "미래의 꿈"을 키우기 위한 각종 교육지원 사업이 꾸준히 이어졌다.

우리 지역에서 학교발전을 기원하면서 많은 단체에서 발전기금과 장학금을 지원해주었다.

오랫동안 관내 초·중·고등학교에 소정의 장학금을 지급했던 성재 심성기 장학금이 서령고등학교에 큰 도움이 되었다.

후에 심종훈 님께서 서령고등학교 꿈나무 장학재단에 1억 원을 쾌척하여 주었고, 1991년에 설립된 서산 인재육성 장학재단^{이사장 강춘식}은 서산시의 큰 인물을 육성하여 향후 지역과 국가에 봉사하게 하기 위해 관내 고등학교 학생과 대학생들에게 소정의 장학금을 지급하고 있다. 관내의 고교 재학생과 대학 진학생들이 가장 큰 혜택을 받는 장학재단으로 자리매김했다.

서산장학재단^{당시이사장 성완종}에서는 2000년대 매년 수능 출제 위원 및 출제 위원장을 서산으로 초청, 입시 설명회를 개최하여 고3 수험

〈지역교육발전을 위해 많은 지원을 하는 현대오일뱅크 전경〉

생들에게 수능시험에 대비하는 데 도움을 주고 초중고 학생 등 많은 사람에게 장학혜택을 주었다.

우리나라 굴지의 대기업으로 우리 지역에 둥지를 틀고 있는 현대 오일뱅크에서 지역학교 발전을 위한 교육경비 지원은 오래전부터 끊임없이 이루어졌다. 특히 일반계고교로 진학실적이 높은 서령고의 교육활동에 큰 도움이 되었다. 학교 현대화를 위한 시설 개선비, 도서지원비, 장학금 지원은 물론, 대학 입학을 준비하는 학생을 위한 각종 세미나 등을 개최하여 수험생들에게 정보를 제공해주어 학생들의 진로 선택에 도움을 주었다.

삼성토탈現 한화토탈의 장학금 및 발전기금 지원도 학교발전에 커다란 도움이 됐다.

삼성토탈장학금전달

봉사단체인 서붕회에서도 꾸준히 서령고등학교 학생들에게 장학금을 지급해 왔고 서령 배드민턴 클럽, 학부모대표를 지낸 가재무,

심걸섭, 유성배, 한규남, 조경상, 서병선, 유장곤, 신동만 회장과 청지재단, 서동마을금고, 농협, 국민은행, 서산배드민턴클럽과 박상미, 최명순, 이은미, 명향란 님 등 많은 인사가 학교에 도움을 주었다.

학생들의 올바른 가치관 확립과 미래의 꿈을 키우기 위하여 우리나라의 성공한 인사를 초청하여 다양한 특강을 분기별로 실시했다 과학중점학교로 지정되면서 과학자를 많이 초청하여 미래 과학인재를 만들기 위한 노력을 했다. 그뿐만 아니라 중앙언론사에서 후원하는 문학강좌에 시인 신달자 교수 등 저명인사를 모셔 특강의 기회를 가졌다 우리 지역의 유일한 4년제 대학인 한서대학교의 도움을 많이 받았다. 영재교육원을 운영하는 함정현 박사를 통하여 원어민과 공부할 수 있는 기회를 얻었고 대학교의 훌륭한 교수를 초빙하여 학생들의 인성함양을 위한 교육과 미래설계를 위한 다양한 정보를 학생들에게 전할 수 있도록 했다. 한서대학교 이상엽 이주훈 이성 박재근 안권순 이차영 교수님을 비롯한 여러분들이 바쁜 학교일정을 뒤로하고 서령고를 찾아 지역의 후진육성을 위해 정성을 기울였다.

충청남도 심대평 도지사께서 본교를 방문하여 학생들에게 특강을 하고 안희정 지사도 충청남도지사에 당선 직후 본교를 방문하여 학생들에게 꿈과 용기를 갖고 미래를 개척하라는 귀한 말씀을 전했다.

서산문화원에서는 김현구 원장께서 본교에서 간행한 '가정교육지침서'를 문화원보 '서산의 숨결'에 연재하여 시민들이 교육에 대한 관심을 가질 수 있도록 안내해주었다. 그 밖에 서산시장 국회의원을

〈심대평 충청남도지사 초청 특강〉

안희정 충남도지사 방문

초청 시정 및 국정 현안을 이해하는 시간을 가졌고 각계 전문직 종사자들을 모셔 학생들에게 직업의 다양성과 접근방법 등을 알 수 있게 했다.

언론

현대사회에서 매스미디어는 엄청난 영향력을 갖는다.

신문, 라디오, 텔레비전, 잡지, 인터넷 등 다양한 미디어는 학교 교육 활동을 외부로 알리는데 커다란 역할을 하는 것이다. 즉, 학교라는 폐쇄된 공간에서 일어나는 일들을 교육 관련자인 학부모와 지역에 알리고 그들이 바람직한 학교경영에 따른 조언을 구할 수 있다.

나는 신문, 텔레비전, 라디오, 잡지를 포함한 각종 SNS를 적극 활용하여 학교와 학부모 동창생 지역 인사들과 소통의 장을 마련하려 노력했다.

앞에서 밝힌 바와 같이 "도전 골든벨 서령고" 편을 통하여 학교 교육활동의 한 면을 전국에 알렸다. 그해 일본 오사카에 갈 일이 있어 그곳에서 체류하던 중 한식당에 들렀는데 식당주인이 '나를 어디선가 봤다'는 것이다. 일행은 인연이 될 만한 것들을 찾아봤는데 결국 전날 저녁 일본에 방영된 골든벨 프로그램이 답이었다.

전국 체육대회 참가 후 금메달획득 소감 인터뷰를 비롯해 학생들의 교육 활동상과 관련된 많은 방송 및 신문 등은 중앙지와 충남지방지 그리고 지역신문에서 우호적으로 소개했다.

언론이 학교에서 일어나는 교육활동을 격려하고 지역사회와 시민들에게 알리는 데 중요한 역할을 하는 것이다. 지역신문인 모 신문에서는 '자랑스런 서산인상'을 제정하여 서령고 카누팀을 수상자로 선정, 격려해주기도 했다.

학교장은 학교의 개방성, 공개성의 원칙을 가지고 언제든지 학교의 교육활동을 공개할 태세를 갖춰야 한다.

많은 언론매체는 이런 학교의 노력을 존중해 주고 있다.

교육청

현행 광역단위 지방 교육 자치제는 전국 시·도 단위로 운영되고 있으며 각 시·도에 심의 의결 기구로서 교육위원회를 두고 있고 그 사무의 집행을 위하여 교육감을 두고 있다.

교육은 중앙행정의 통제를 지양하고 지방의 실정에 맞는 교육정책을 수립하여 이에 따른 교육행정사무를 자주적으로 처리하게 된다.

교육자치의 원리는 지방분권주의를 기본 원칙으로 하고 교육 행정을 일반 행정으로부터 분리·독립시켜 교육의 자주성, 정치적 중립성, 주민의 참여를 통해 지역의 특수성을 살리고 교육행정의 전문성을 보장하려는 제도다.

교육자치가 교육에 대한 전문적 관리를 목표로 하기 때문에 교육청의 역할은 매우 중요하다.

특히 지방교육 재정의 확보와 배분은 물론 교육 과정 운영에 관리

감독도 지방의 교육 성패와 직결되기 때문이다.

사립학교는 국·공립학교와 다른 회계이지만 결국 정부의 재정 지원에 절대적으로 의지하는 현실로 볼 때 사학에 있어 교육청은 감독기관 이상의 의미가 있다.

사립학교 특성상 도 교육청과 자연스레 소통할 수 있는 기회가 적기 때문에 다양한 정보를 얻는 데 매우 아쉬운 점이 많다. 정보를 얻기 위해서는 사학에 근무하고 있는 사람이 노력해야 한다. 그리고 얻은 정보를 바탕으로 교육현장에서 실질적으로 활용하고 성과를 증명해야 한다.

학교장은 도교육청의 과장급 이상 전문직 종사자와 끊임없이 소통하도록 노력하고 재직 중인 교사는 담당 교사 혹은 업무 담당 장학사와 소통을 해야 한다. '1교사 1전문직 종사자 알기'를 학교장의 관심사항으로 삼은 이유도 그런 데 있었다.

교사들이 학업지도, 생활지도 등 업무의 홍수 속에서 일부러 시간을 내어 낯선 전문직 종사자와 소통한다는 것은 결코 쉽지 않은 일이다. 그러나 서령고등학교 교원들이 전문직 종사자와 유대관계를 맺음으로써 유익한 각종 정보를 얻을 수 있었고 학교에 도움을 줄 수 있었다.

또한, 도교육청이나 시 교육 지원청에 근무하는 전문직 종사자들도 서령고등학교에 신뢰감을 갖고 적극적인 도움을 주어 교육활동을 지원했다.

　나는 학교를 '축소된 작은 사회'라고 생각한다. 사랑의 울타리 안에 있는 학교는 두려움과 걱정거리가 없는 즐겁고 행복이 가득 찬 곳이어야 한다. 학교는 진리를 탐구하는 열기가 높으며 강인한 체력을 단련하는 우렁찬 함성이 들리는 곳이다. 학교는 신음하는 병자들이 머무는 공간이 아니며 잘못을 저질러 법의 심판을 받아야 하는 곳은 더더욱 아니다. 학교는 물건을 사고파는 시장이 아닌 지성이 숨 쉬고 창조가 논의되는 점이 여느 사회와 다른 학교라는 공간이다.

　학교는 학생과 교사 사이의 사랑과 존경이 있으며 믿음과 비전이 있는 참으로 아름답고 멋진 공간이어야 한다.

　널찍한 교문을 들어서면 아름다운 음악이 흐르고 교정 곳곳에는 아름답고 향기로운 꽃이 학생을 반겨주며 교실은 어느 회사의 사무실보다 쾌적한 공간으로 자리하고 급식실은 웬만한 레스토랑보다 아늑하고 도서실은 잘 꾸며진 서점 못지않은 서가 및 조명이 학생들을 편안하게 하고 체육관은 스포츠 센터로 보건실은 병원처럼 청결하고 기숙사는 웬만한 호텔 수준으로 꾸며지길 바란다. 정말 둘러보고 싶은 장소가 학교다. 교정 곳곳에는 역사가 숨 쉬고 있으며 재학생들의 창작물이 곳곳에 전시되어 학우들의 눈길을 붙잡고 동문들의 정성과 사랑이 깃든 각종 조형물은 후배들의 면학 분위기를 북돋우는 역할을 하기에 손색이 없다.

잘 조성된 역사관에 들어서면 그간의 역사가 시대별로 잘 정리되어 졸업생 누구라도 옛 향수를 느끼는 곳으로 잠시나마 학창시절의 느낌이 들도록 해야 한다. 언젠가는 우리나라의 모든 중등학교가 지금 언급한 것보다 훨씬 훌륭한 모습으로 학생들에게 다가갈 것이다.

나는 학교장으로 재임했던 12년의 시간을 축복이자 부담의 시간이었다고 표현한 바 있다. 그러나 다시 생각해보면 그 시간은 나에게 참으로 치열하고 늘 긴장의 연속이었던 시간이었다.

밤늦게 걸려오는 전화벨 소리에 가슴이 두근거린 일이 부지기수이고 새벽에 잠자리에서 일어나 밤새 학교현장에 무슨 일은 없었는지 걱정이 머리를 휩쓸었던 기억들이 참으로 많았다. 툭하면 터지는 민원에 끊임없이 벌어지는 크고 작은 학생 안전사

고들, 대학입시를 위해 서해대교를 건너다 불의의 사고로 목숨을 잃은 수험생에 대한 안타까움, 자율학습을 마치고 귀가하다 교통사고로 유명을 달리한 아이로 인한 좌절감, 교실에서 친구와 갈등으로 다투다 절명한 아이에 대한 안타까움 등 기억하고 싶지 않은 일 또한 많았다.

학교경영에는 용기가 필요하다. 예기치 않게 닥친 위기 앞에 학교장이 망설이면 많은 학생과 학부모 들이 피해를 볼 수도 있다.

2004년 체험학습을 위하여 2학년 자연반 학생들이 대전에 있는 국립과학관을 가게 되었다. 아침 일찍 학교에서 안전에 대한 주의 사항을 듣고 운동장에 대기한 버스로 출발한 지 3시간쯤 지났을 무렵, 한 통의 전화가 왔다. 서령고 학생들이 탄 버스 한 대가 전복되어 많은 학생이 다친 것 같다는 대전에 있는 어느 동문의 긴급한 전화였다. 놀라움에 잠시 지체할 겨를도 없이 교감 선생님께 학교를 부탁하고 행정실 직원과 대전을 향해 출발했다. 라디오 뉴스에서는 시간대별로

「수학여행 가던 버스 전복, 충남 S고 학생 40여 명 사상자 발생」

이라는 보도가 속속 들어오고 있었다.

당시 버스에는 45인승 좌석에 30여 명의 학생이 탑승했는데 40여 명의 사상자로 보도되었다. 승용차로 대전까지 가는 시간이 왜 이다지도 멀게 느껴졌을까. 별별 생각이 머릿속에 맴돌며

자꾸만 불행한 생각만 이어졌다. 대전에 도착해보니 천만다행으로 학생들이 안전벨트를 잘 매어 두세 명의 찰과상 외에는 전원 무사했다. 물론 버스는 옆으로 누워 많이 부서져 있었다. 학생들을 진정시키고 서산의료원으로 안전 진단 차 이송시키는 중에도 뉴스는 계속 '사상자'로 발표하고 있었다.

나는 그날 오후 세 시경 KBS 보도 본부장에게 직접 전화하여 상황설명을 해주고 정정 보도를 요청했다. 당시 보도본부장은 후에 보령지역에 국회의원을 지낸 류근찬 씨였다. 「우리는 경찰의 발표를 인용합니다.」 내가 그때 보도본부장에게 역정을 내고 강력하게 항의하는 모습을 본 직원이 놀라는 모습이 역력하다. 그날 다섯 시쯤 서산 의료원에 도착해보니 교직원, 학부모 등 많은 분이 아이들이 걱정되어 의료원 현장에 나와 있었다. 교감 선생님 휴대전화에 충남 부교육감의 전화가 와있었다.

「교장 선생님, 우형식입니다. 얼마나 놀라셨습니까? 잠시 후 장관님 전화가 올 겁니다. 받아주시기 바랍니다.」

잠시 후 윤덕홍 교육부 장관의 전화가 왔다.

"교장 선생님, 서령고등학교 학생들이 안전벨트를 잘해 장관 수명 연장되었습니다. 버스 사고로 여러 명의 사상자가 나왔다는 소식에 장관 사임을 하려 했는데 저녁 TV 뉴스에서 안전벨트를 잘 착용, 전원 무사 소식에 사표를 철회했습니다."

장관님의 위트였지만 그 당시 방송보도를 막지 못했다면 사상여부와 관계없이 많은 학생과 학부모가 입었을 상처가 얼마나 컸을는지! 용기를 갖고 끝까지 잘못된 보도를 바로잡으려 했던 대처가 기억에 남는다.

재임 당시 교육 현장에서 교육현장을 둘러싸고 있는 구성원들은 물론 그 외의 사람들과 부딪히며 산 일은 참으로 많았다. 인생이란 뜻대로 되는 일이 많지 않다. 그러나 정직하고 차분하게 현실을 살피며 무리하지 않게 이를 극복하려 노력했다.

나와 함께 학교 경영의 일선에서 교감의 직무를 묵묵히 수행했던 김동민, 강태웅 선생님의 말씀을 드리지 않을 수 없다. 지금은 두 분 모두 승진하여 한 분은 고등학교 교장으로, 한 분은 중학교 교장으로 훌륭하게 교육활동을 한 후 명예롭게 정년퇴임을 하였다.

두 분은 나와의 인연이 각별했다. 김 교장 선생님과는 2년, 강 교장 선생님과는 무려 10년을 교장, 교감으로 함께 일을 했다. 성품이 강직하고 무거워 서로 교육현안에 대해 상의한 후 일을 추진함에 자신의 일을 철저히 수행하며 모든 공을 교장에게 돌리는 미덕을 발휘해 주었다. 한 번쯤은 자신의 공이라고 치부할 만도 한데 전혀 그런 일이 없었다. 그분들은 교직원, 학생, 학부모, 지역사회, 언론, 교육청, 심지어 시대 상황까지 큰 숲도 보면서 사무적으로 꼼꼼히 챙겨주었기 때문에 학교장이 소신껏 일할 수 있었다고 생각한다.

교직원과 사소한 갈등도 많이 있었다. 그러나 그것이 개인적인 감정에서가 아니라 학생지도와 관련된 방법의 차이에서 생긴 것이기 때문에 시간이 흐르면서 자연스레 해결되었다. 행정실 직원들의 교육활동 뒷받침에 애쓴 모습이 생생하게 남는다. 교직원들에 대한 고마운 마음을 잊을 수가 없다.

"일등생보다는 유일한 한 사람으로 키우자"며 구성원과 함께 줄기차게 추진했던 서령 1, 2, 3, 4 운동은 서령인의 자긍심을 담아냈다고 생각한다.

졸업생 가운데 학교장에게 편지를 보내 재학 중 배운 테니스로 대학 생활을 더욱 알차게 하고 있다는 소식, 악기를 배워 동료 학생들의 부러움을 산다는 소식, 학교에서 해준 진로 교육 덕분으로 생각지 못했던 직장을 얻어 즐겁게 일하며 보람을 느끼며 잘 산다는 소식 등 많은 졸업생이 보내주는 소식을 들을 때 참으로 큰 기쁨과 보람을 느낀다.

그러나 아쉬운 점도 참 많았다. 나 스스로 학생들을 위해 좀 더 많은 노력을 해야 했는데 하는 점과 나름대로 최선을 다하여 선생님들의 교육활동을 뒷받침했다고 생각하면서도 '좀 더 잘해 드릴걸' 하는 아쉬움이다.

특히 최근 언론보도를 보면 국내외 할 것 없이 초·중등교원들의 근무환경이 점점 어려워지는 것 같다. 주로 학생과 학부모에게서 폭언, 교권침해 등 부당한 대우에 교사로서의 자존감이 무너진다는 것이다. 연금개혁과 관련 미래에 대한 불안감도 작용하고 있는 듯하다. 이런 것들을 학교에서나 교육당국에서 보호해주기보다는 개인이 해결해야 할 대상으로 몰아가는 데 더 무력감을 느낀다는 호소가 많다. 자기가 자기 자신으로 살지 못하고 '언제나 이러이러해야 한다'는 강박관념에 교사들은 더욱 시달림을 받는다는 사실이 마음을 답답하게 한다. 그래도 학교는 민주적 공공영역으로, 교사는 이 시대 지성의 변혁인으로서 자리해야 한다.

되풀이하는 말이지만 학교는 교직원, 학부모, 동창생, 지역사회, 언론, 교육청이 힘을 합해야 비로소 존재가치가 드러날 수 있다. 알찬 교육과정 운영을 통하여 교육목표를 달성하는데 이보다 중요한 요소는 없기 때문이다. 내가 학교장으로 재직하는 동안 큰 도움을 준 서령고등학교 구성원 여러분과 학교를 함께 가꿔 준 여러분께 깊은 감사를 드리며 막을 내린다.

부록

　중등교단 34년을 마감하고 퇴임의 자리에 섰다. 학교법인 이사장, 충청남도 교육청 교육감, 서산시장, 서산시 의회의장, 나의 은사님을 비롯한 교육계 선후배, 서령동문 및 지역인사, 학부모 대표 등 많은 분의 격려와 축하말씀이 있었다. 당일 소개되지 않은 세 편의 축하편지와 송국범 선생님의 송별사 그리고 본인의 퇴임사를 본 지면에 싣는다.

　　○김충호 선생님

　　○신현욱 선생님

　　○진동 교장 선생님

　　○송국범 교장 선생님

　　○퇴임사

김 교장님, 정말 수고하셨습니다

2007년 1월 13일, 신문에서 서령고등학교가 명문 대학 진학률이 충남에서 3위라는 기사를 읽었을 때, 그리고 골든벨을 서령고 학생이 울리는 모습을 보았을 때, 그리고 내가 여러 차례 이력서를 쓸 때 서령고등학교 재직했던 것이 여간 큰 자랑이 아니었지요. 또한, 내가 서령고등학교에 교사로 재직할 시^{고 4회} 김동수, 박창평 송인수, 김석환 등 2반 학생들이 늙은 나를 찾아주고 때론 그들의 모임에 초대해줄 때 비록 몇 년 안 되는 재직 기간이었지만 큰 보람이었다고 회상해 봅니다.

오늘날 서령고등학교의 괄목할만한 발전은 동문과 재직했던 사람의 큰 자랑이 아닐 수 없습니다.

그간 여러 선생님과 고락을 함께하며 뚜렷한 교육 철학과 리더십을 지닌 김 교장님의 역할이 컸다는 것을 다 알고 있습니다. 그간 한 번도 찾아뵙지 못한 나의 고단한 객지 생활이 밉습니다.

변명인 동시에 사과드립니다. 듣자 하니 후진에게 기회를 주고 서령고등학교의 또 다른 발전을 위하여 수년 남은 정년을 과감히 버리고 명예롭게 퇴직하신다지요. 많이 아쉽고 서운합니다만, 김 교장님의 결단이 오늘날 사회 일각에서 일어나는 밥그릇 챙기기 싸움에 큰 본이 되었습니다. 더 나은 교육장에서 폭넓게 후진들을 양성하는 멋진 교육자의 꿈이 실현되는 모습이 그려집니다. 꼭 그렇게 될 것으로 바라옵고 기대합니다.

정말 수고하셨습니다.

2012. 3. 12.

김 충 호 드림

김충호 선생님은 1958년 1월 22일부터 1960년 11월 15일까지
서령고등학교 영어교사로 재직,
그 후 개인사업으로 성공하여 현재 경기도 성남시 분당에 거주하고 계십니다.

교장 선생님 감사합니다
(퇴임식을 보고나서)

    지난번 세미나실에서 있었던 임중호 선생님의 회고록 발간 기념식에서 교장 선생님께서는 짜임새 있는 계획으로 의식을 주도하여 품격 높은 행사 진행의 면모를 보여주셨습니다.

    주는 입장에서 이제 받는 입장으로 바뀐 교장 선생님의 이번 퇴임식이 과연 어떤 모습일까 조바심하던 저의 걱정은 기우였습니다. 오히려 퇴임식장은 엄숙한 분위기와 함께 참석자들의 마음까지도 울리는 잔잔한 감동을 주었습니다. 사나이는 인생에서 세 번만 울자는 시대착오적인 호기를 부리던 저는 눈물샘이 작동하면서 이 현장에서 그만 그 의지가 무너지고 말았습니다. 그것은 치열하게 교육자로 살아오신 김기찬 교장 선생님에 대한 존경과 아쉬움, 그리고 담담하게 자신의 길을 걸어가는 한 교육자의 모습에 대한 연민이었습니다.

역시 교장 선생님께서는 떠나는 마지막 순간까지도 인상적인 모습을 보여주셨습니다. 얼마나 그동안의 교직 생활에 회한이 점철되어 있겠습니까? 그러나 퇴임식 시종始終, 강인한 모습으로 우리를 각인시켰습니다. 식사式辭와 축사를 하며 슬픔에 말끝을 흐리는 연사들에게도 그저 미소로 화답할 뿐이었습니다. 교장 선생님께서는 마지막으로 퇴임인사를 하셨습니다. 모두가 숨을 죽이고 선생님의 고별사를 초조하게 기다리는 순간, 우리는 '빵' 터졌습니다. 재미있는 실화로, 희망의 메시지로 청중을 안도시켰습니다. 그것은 아침에 학생들에게 유쾌한 고별인사를 하던 장면과도 흡사했습니다. 의연하고도 완성된 인간의 모습이 아니고 무엇이겠습니까.

이제 교정에서 교장 선생님의 체취를 느낄 수 없다니 서운할 따름입니다. 학생 조회에서, 교직원 회의에서 설득과 호소의 정제된 언어를 들려주셔서 감사합니다. 학생들에게 들려주는 훈사에는 늘 교훈적인 고사故事와 예화가 등장하여 감동을 더해주었지요. 보직교사 시절 저의 무능과 흐린 판단에 호된 채찍을 주셔서 감사합니다. 교직원의 아들이 입학하면 격려와 용기를 주어, 우리 자식들이 부담감으로 학교생활에 위축되지 않을까 하는 염려도 불식시켜 주셨습니다. 그리고 서령중고 동문으로서, 주위의 기대에 부응하지 못하고 스스로 나약해지는 저에게 선생님의 존재 자체는 자극이었고 활력이었습니다.

퇴임하자마자 대학의 강단에 서게 되었다니 정말 다행입니다. 그동안 쌓아 오신 교육적 혜안이 더욱 빛을 발할 것이라 믿습니다. 이제 교장 선생님의 새로운 출발이 더 큰 결실로 승화되기를 기원합니다. 학교에도 가벼운 발걸음 자주 해 주시면 영광이겠습니다. 서운한 감정을 꼭 표현하고 싶어서 이렇게 글로 대신합니다.

2012. 2. 17
신현욱 드림

신현욱 선생님은 현재 서령고등학교 영어교사로 재직중이다.
신 선생님 아들 또한 서령고를 졸업하고
연세대학교 의예과에서 수학한 후
현재 세브란스 병원에서 수련의로 있다.

尊敬的金校长： ✿

您好！得知今年3月金校长即将退休，深表遗憾，对于您为教育的敬业精神表示衷心的敬佩。金校长长期为教育事业不辞辛劳，尽心尽力，德高望重，为促进贵我两校交流发展稳定作出了重要贡献，在此致以崇高的敬意。在贵我两校交流十载之余，金校长与我也已建立的深厚的友谊，衷心希望这种良好的关系继续下去。

瑞宁高中是一所具有优良传统和严谨学风的名校，贵校坚持以"孝道"为办学宗旨，以培养"有创意、有道德、健康的、自主的"未来主人为教育目标，把"智能启发、人格陶冶、提升体格"做为学校的校训，是具有老校传统特色，又富有现代化气息和先进理念的学校。贵校积极开展教育科研，不断探索培养学生学习的新途径，严谨治校、积极进取、自强不息，培养了大批栋梁之材，在此表示由衷的祝贺，愿贵校继续发扬水平，再创辉煌。

长期以来贵校与我校在国际交流方面一直是领头的典范，通过寒暑假期师生之间的教育交流、互动交流学习，不仅增进了两校间的友谊，而且加深了两校间的交流与合作。学生之间建立了深厚情谊，贵我两校的教师也搭建了互相学习、共同进步的平台。

值此我校建校一百一十周年之际，我谨代表全校师生衷心祝愿两校两校间的发展与合作交流事业更上一层楼。祝愿金校长身体健康，万事如意！欢迎金校长再次访问一中。

合肥一中校长 陈栋
2012 年 2 月 24 日

© postnut.com

존경하는 김기찬 교장 선생님

안녕하십니까?

금년 3월에 교장 선생님께서 퇴임하신다는 말씀을 전해 듣고 감회가 남달랐습니다. 아울러 교장 선생님의 교육에 전념하셨던 고귀한 정신에 충심으로 경탄하였습니다.

교장 선생님께서 오랫동안 후학 양성을 위해 흘리신 땀, 그리고 전심전력하시면서 양교의 교류 발전에 헌신하신 점에 대해 지면으로나마 다시 한번 숭고한 경의를 표합니다.

우리 양교 교류 10년 즈음에, 귀교에서의 김 교장 선생님과 제가 세웠던 깊고도 두터운 우의가 앞으로도 계속 발전해나가기를 진심으로 바랍니다.

서령고등학교는 우수한 전통과 엄격한 학풍을 간직해오고 있는 명문사학으로서, '효'를 학교이념으로 삼아, '창의적이고 도덕적이며 건강하고도 자주적인' 미래의 주인공을 배양하는 것에 교육 목표를 두고 있음을 알고 있습니다. 또한 '지덕체'의 조화를 교훈으로 삼는 유서 깊은 학교이자, 현대화된 기자재와 선진적 이념을 지니고 있음을 목도하였습니다. 귀교가 보여주었던 적극적이고 진취적인 기상. 백전불굴의 의지, 동량의 산실 등 이 모든 것을 충심으로 축하하오며, 귀교가 그 수준을 계속 높이어 찬란한 결과를 거두시기 바랍니다.

지난 10여 년 동안 귀교와 본교는 국제교류에 있어 줄곧 모범을 보여 왔으며, 여름과 겨울방학을 이용하여 교사 및 학생이 상호 방문함으로써 교육교류 및 상대 국가의 문화를 이해하였습니다. 이러한 활동을 통하여 양교 간의 우의를 돈독히 하였을 뿐만 아니라 양교의 학생들 역시 깊은 우정을 나누는 계기를 마련하였습니다.

이에 본교 110주년에 즈음하여 본교의 교사와 학생을 대신해 제가 양교의 발전과 교류 활동이 진일보하기를 삼가 축원합니다.
교장 선생님께서도 항상 건강하시며 모든 일이 화목하기를 기원합니다. 그리고 합비1중에도 꼭 오시기를 바랍니다.

합비1중 교장 진동
2012년 2월 24일

선생님이 사랑했던 삶,
그리고 교육

바람에 흔들려도

바람에 물들지 않고

영혼은 언제나 푸르른

소나무가 되었으면

눈비 내려 시달려도

언제나 제자리 지키며

어두움을 비웃는

새벽별이 되었으면

눈 뜬 소경에게

갈길 알려주며

사랑을 끝없이 베푸는

이름 없는 길잡이도 좋아

내 소망
이루어지려나
하늘에 물어야지

이 시는 김기찬 교장 선생님의 소망이라는 시입니다. 김기찬 교장이 소망하는 자신에게 던지는 질문이었고 메시지였습니다. 선생님은 늘 푸른 소나무를 동경했고 그렇게 살고자 노력했으며 또한 그렇게 살았습니다.

선생님은 어둠 속에 희망으로 존재하는 모두가 잠든 고요한 시간에 세상을 향해 반짝이는 새벽별이 되는 것을 원해서 30여 년 전 교단에 들어섰습니다.

'스승은 영광의 주인공이기보다 성취의 뒤안길에 좋은 고임돌이요, 자신의 성장을 장식하기보다 제자의 성장에 희생됨을 자처하는 길'임을 알고 어둠을 비웃는 새벽별이 되기를 자처했습니다.

오직 제자의 큰 강을 이루기 위해 그 강으로 흘러드는 뭇 시냇물이 되기를 맹세했습니다. 그러나 그 교육의 이상향을 이루기

엔 이 사회가 그렇게 녹록지 않았습니다. 때론 인간의 본질을 일깨워야 할 교단이 한갓 지식이나 전달하고 출세의 지름길이나 가르치는 듯한 곳으로 인식되는 것도, 점점 교육의 권위가 상실되어 저 낮은 곳을 향해 곤두박질치는 교사의 지위에 안타까움을 토로했습니다.

그래도 가장 깨끗하고 고귀한 사명이 주어져 있는 삶의 현장이 배우고 가르치는 장이기에, 그 일을 통해서만 아이들의 꿈과 나라의 미래를 밝힐 수 있다는 소신이 있었기에 30년이 넘도록 지탱해 왔습니다. 김기찬 교장 선생님의 그 길은 분명히 우리에게 영원한 빛으로 비치길 기대하며 박수갈채를 보냅니다.

선생님은 서령의 역사요, 이 시대 사학교육의 자랑이었습니다. 선생님들의 든든한 버팀목이었고, 제자들에겐 꿈과 희망을 만든 분이십니다. 신중하되 한 번 옳다고 생각하면 굽힐 줄 몰랐습니다. 어떤 외압과 압력에도 굴하지 않고 변함없는 초심으로 늘 푸른 소나무가 되었습니다.

저는 김기찬 교장 선생님과의 만남을 참으로 소중하고, 그 만남으로 많은 용기와 힘을 가져오게 한 것을 감사합니다. 거의 동시대에 태어나, 학교는 다르지만 같은 사학에서 30여 년을 함께 하면서 늘 중요한 사안들을 상의하며 문제를 풀어갔습니다. 우리는 진지했고, 점점 교육의 본질에서 멀어져 가는 오늘의 학교 교육을 안타까워했습니다. 그릇된 사회 통념에 의해서 교육의 본질이 훼손되는 것에 함께 분노했습니다. 사학이 제자리를 찾을 수 없도록 되는 것을 안타까워했고, 사학에 쏟아지는 비난의 돌팔매를 맞으면서도 침묵할 수밖에 없는 우리를 자조하며 다시 희망으로 존재하길 염원도 했습니다. 서로를 의지하며 함께한 시간이 이젠 너무 값지게 제 마음속에 보석으로 박히게 되었습니다.

김기찬 교장 선생님, 이젠 떠납니다. 수많은 격동의 시간을 뒤로하고 중등교육의 현장을 떠납니다. 그 무거웠던 십자가를 벗고 훌훌 자유여행을 떠납니다. 선생님이 가는 그 다른 길도 또 교육의 길이고 더 험할지도 모릅니다. 그 세상에서는 그 무거운 십자가가 아니라, 가벼운 보따리 짐을 지었으면 좋겠습니다. 그래야 세상이 좀 넓게 보이고, 여백이 생길 것이 아닙니까?

법정스님이 입적하시기 전 이런 말을 했습니다.

그동안 풀어 놓은 말빚을 다음 생으로 가져가지 말라고 하면서 더 이상 자신의 글을 책으로 출판하지 말라고 했습니다.

김기찬 교장 선생님, 선생님도 30여 년 넘게 학생들을 위해 풀

어 놓은 말빚들을 가져가지 말고 그냥 내려놓고 가십시오. 그것
을 붙들려 애쓰지 말라는 말씀입니다. 그러면 새롭게 교육이 보
일 것입니다.

　김기찬 교장 선생님, 우리 함께 여행하면서 약속한 것, 언젠가
한 번 쏟아내야 할 이야기들을 풀어내길 기대하며 다시 만납시
다. 그리고 "우리 선생님 한 것을 잘했어." 이렇게 회상하며 환하
게 웃읍시다.

　고맙습니다.

　행복한 시간 보내세요.

송국범드림

퇴임사

꽃샘추위라고 봐야겠지요? 머지않아 온 천지가 초록으로 뒤덮이고 아름다운 꽃의 향연이 시작될 텐데 오늘은 바람까지 차갑습니다.

차가운 날씨에도 불구하고 32년여 세월을 중등학교, 그것도 모교인 서령고등학교에서 교원으로 재직한 저의 명예 퇴임을 위로, 격려해주시기 위해 자리를 함께 해주신 내외 귀빈 여러분께 진심으로 감사드립니다.

저는 중·고등학교를 이곳 서령동산에서 수학한 후 서울에 있는 국민대학교에서 학사학위를 받고 1977년 교직에 첫발을 내디뎠습니다.

모교인 서령고등학교에는 1979년 당시 임중호 교장 선생님의 부름을 받고 부임하여 1년 3개월 근무하다 현역 군 복무를 위하여 80년 6월 중순 학교를 휴직, 2년 6개월여 군 생활 후 82년 말 병장으로 만기 전역 83년 3월 복직하게 되었습니다.

제가 서령고등학교를 진정으로 이해하고 사랑할 수 있었던 계기는 서령고등학교가 개교 30주년을 앞둔 1985년 초 교장 선생님으로부터 「개교 30년사」 집필을 명받은 이후였습니다.

그 시기 학교에 근무는 했지만 정을 못 붙이고 언젠가는 떠나야 할 곳으로 생각하며 교원으로서 최선의 역할을 다했다고 생각하지 않았습니다.

그 당시 법인의 학교에 대한 지원은 미약했고 많은 교원은 부임한 후 곧바로 수도권에 있는 학교로 떠나는 일들이 많다 보니 학교 현장은 항시 어수선하고 학생들의 학력은 오르지 않았습니다.

모교 출신이란 자부심으로 학교에 근무하던 나는 이런 상황에 불만이 많았습니다. 법인 이사장님과 학교장님께 곧잘 불만을 토로했습니다.

당시 법인 이사장은 국회의원직을 내려놓았지만 강력한 카리스마가 있었고 학교장은 충남 도내에서 존경받는 명망 높은 교육자였습니다. 그랬기에 더 아쉬움이 많았는지 모릅니다.

하지만 학교 현실에 좌절하던 시절, 개교 30년사 집필을 위해 자료수집에 나서면서 서령이 이 땅에 존재할 이유를 찾았고 그래서 학교에 대한 사랑을 싹틔우기 시작한 것이지요.

1986년 개교 30주년 행사는 임중호 교장 선생님께서 총동문회의 후원을 얻어 교시탑 건립, 30년사 간행, 학생 체육대회, 불꽃놀이 등 당시로써는 획기적인 기념비적 행사였습니다. 성년 서령에 대한 새로운 도약의 시간을 꿈꾼 것이지요. 서령 30년사의 간행은 저에게도 큰 보람이었습니다. 저는 그때부터 서령고등학교가 일반계 고등학교로서 지역에서 일정한 역할을 해야만 할 당위성을 찾았고 저와 뜻을 함께하는 젊은 교원들과 학교 발전을 위한 대안을 찾기 시작했습니다.

수업이 종료되면 함께 모여 학교의 문제점을 하나하나 찾아 원인 분석과 개선 방안을 모색했고 휴일이 되면 깊은 산중에 들어가 서령 교육의 미래를 위한 시간을 갖고 심층적인 토론을 전개했습니다.

수개월 동안 노력한 결과 학교의 문제점이 보이기 시작했습니다. 조직이 혁신되어야 하고 사고가 전환되어야 하며 교육의 본질을 중시하고 내적 충실을 기해야 함을 알게 되었습니다. 그 일은 법인 이사장이나 학교장의 일이 아닌 서령 구성원 모두의 일임을 깨닫고 학교장과 법인 이사장께 하셔야 할 일부터 건의 드렸습니다.

저는 임중호 교장 선생님이 참 교육자임을 그때 알았습니다. 심현직 이사장님의 육영정신을 이해할 수 있는 때도 그때입니다. 두 분은 교사들의 의견을 전폭 수용해 주셨습니다.

당시 상황으로 수용하기 어려운 일들을 도와주셨습니다. 오히려 방향을 함께 제시해주셨습니다.

　여러 가지 변화 중 서령고등학교의 교원 인사 채용이 공개채용으로 바뀐 계기도 그때부터입니다. 제가 퇴임하는 지금까지 그 전통은 지켜지고 있습니다. 자랑스러운 전통이 이어질 수 있도록 뒤에서 성원해주신 두 어른께 감사를 드립니다.

　저는 2000년 2월 40대 후반의 나이에 모교의 교장이 되었습니다. 당시 교장이 된 기쁨보다는 법인 이사장께서 「왜 젊은 사람을 교장으로 선택했을까?」라는 자문을 하게 되었습니다.

　스스로 내린 답은 학교 서령의 「승리」를 위하여! 라는 것입니다. 「승리」란 이기는 것이기도 하지만 학교에서 교원들이 자유롭고 학생들이 행복하며 부모들은 자녀에 대한 자부심을 느끼고 지역사회의 모든 분은 서산인의 자랑스러움을 갖게 되는 것이 승리라고 생각했습니다.

　그렇게 되기 위해서는 서령고등학교에 온 학생 누구든지 자신이 주인공이라고 느낄 때 학교가 승리한다고 확신했습니다. 그래서 무한경쟁의 입시 준비에 매몰되는 학교가 아니라 이 세상에서 가장 소중한 정체성을 갖는 한 인간을 존중하는 학생을 가르치는 학교가 되어야 한다고 생각하며 구성원들과 학교의 미래를 가꾸기 시작했습니다.

　저는 서령의 자랑스러운 학생이 지녀야 할 슬로건으로 「일등생보다는 유일한 한 사람이 되자」라고 정하고 캐치프레이즈로 서령 1, 2, 3, 4 운동을 주창하고 전개하기 시작했습니다.

서령고등학교에 재학 중인 학생은 누구든지 특기를 하나씩 갖는다.

외국어를 두 가지 이상 습득한다.

자격증은 세 개 이상 취득한다.

상장은 네 개 이상 받는다.

상장 네 개는 개근상 3개, 효·선행상 중에서 1개를 목표로 하자고 했습니다. 우등생보다는 근면한 사람이 더 소중하다고 강조한 것이지요.

학생들에게 생일잔치를 해줬습니다. 매월 한 번씩 한 잔치였지만 학생들의 존재가치를 높이기 위해서였습니다. 특기 신장을 위해 학교의 시설 보완이 절실했습니다. 각종 체육시설을 완비했고 예능을 함양하기 위한 시설을 보완했고 과학실, 요리실까지 만들어주게 되었습니다.

이렇게 되기까지 법인 이사장님의 지원이 컸고 총동문회에서도 최선을 다해주었으며 도교육청과 서산시청의 각별한 예산지원이 있었습니다. 지역명문학교 육성을 위한 16억 예산지원, 과학중점학교, 영재학교운영 등을 선도적으로 운영할 수 있는 것이 그것입니다.

이런 획기적인 변화의 중심에는 교직원들의 남다른 단결의 힘이 있었습니다. 힘든 과정을 이겨내는 동료 교직원들의 놀라운 힘의 비결은 무엇이었을까요. 아마도 그것은 「승리」하겠다는 희망이었다고 생각합니다.

2000년도부터 서령고의 희망 대학진학률이 놀랍게 상승하여 도내의 모든 학교가 서령을 주목했습니다. 학교평가 최우수교로 선정되어 받은 인센티브로 도서관을 현대화하여 교수·학습 지원 센터라 칭하고 선생님과 학생들의 연구 공간을 확보했고 당시 인기리에 방영된 KBS 도전 골든벨에 도전 38대 베러 탄생의 감격을 서산 시민들과 함께 누렸습니다.

비인기 종목이라 꺼렸던 카누부가 전국체전 10년 연속 최다 금메달 획득으로 세인을 놀라게 했고 관악부 전국대회 금상, 생물나라 등 동아리 활동의 전국대회 수상, 수학·과학경시대회 전국 수상 등등. 참으로 감격스러운 순간들이 많았습니다.

그때마다 학교장인 저는 자랑스러운 학생들과 그들을 지도하는 교직원들과 학부모님들의 승리라 생각하며 영광을 돌려드렸습니다.

이 자리에는 그 영광을 이루도록 뒤에서 묵묵히 도와주고 지켜주신 여러분들이 와계십니다. 임중호 교장 선생님을 비롯한 전직 교직원들과 법인 이사장님 그리고 도교육청 관계자님. 또 교육경비 조례를 만들어 많은 예산지원을 한 이완섭 서산시장님, 김환성 시의회 의장님과 의원님들. 조동식 총동창회 회장님을 비롯한 역대 동창회장님. 그리고 성모회 회원님을 비롯한 학부모님들이 그분들입니다. 또한 작은 성취를 크게 보도해 준 지역 언론인과 서령의 기쁨을 함께 나눠준 지역 각계각층의 유지분들이 그분들입니다. 참 감사했습니다.

학교를 정리하고 떠나는 마당에 가슴 벅차게 솟아오르는 고마운 마음을 꾹꾹 눌러봅니다.

그러나 아직도 뇌리에 맴도는 고마운 일과 부탁의 말씀 등 몇 가지를 말씀드리고 싶습니다.

첫째는 장학금 기탁과 관련된 말씀입니다. 동문이 매년 십시일반 기금을 내어 후배들을 격려해주고 있습니다. 어려울 때 달려가는 곳은 동문이 있는 곳이었습니다. 저를 내치지 않고 끝까지 격려와 사랑을 주신 동문 여러분, 감사드립니다.

특히, 서령고등학교 박재중 장학재단 설립은 참으로 감동적이었습니다. 이미 고인이 되셨지만 박재중 동문의 영롱했던 눈동자를 기억하고 있습니다.

심종훈, 홍성열 등 거액의 장학금을 쾌척해 서령꿈나무 장학재단을 만들도록 도와주신 여러분께 고마운 인사를 드립니다.

둘째는 서령고등학교 심관수 법인 이사장과 김동민 교장 선생님을 많이 사랑해주시기 바랍니다. 이분들은 바로 이 지역의 아이들을 교육하는 서령고등학교의 중요한 분들입니다. 활발한 교육활동을 할 수 있도록 배전의 관심이 필요합니다.

셋째는 서령의 교육이 우리 지역은 물론 대한민국 교육의 견인차가 되도록 격려해주시기 바랍니다. 학교는 용기와 격려를 필요로 하는 곳입니다. 지역의 여러분들과 학부모, 동창생들께서 항상 사랑과 격려라는 응원을 잊지 말아 주시기 부탁드립니다.

존경하는 내외귀빈 여러분!

부족한 제가 서령고등학교 교장으로 근무하면서 서산시 교원단체 책임자로, 교육과학기술부 수능정책심의위원으로 활동하며 제 역할을 다하고 무사히 소임을 끝내고 떠나도록 도와주신 점 평생 잊지 않겠습니다.

인간의 삶은 끊임없는 만남의 과정이 아닌가 싶습니다. 삶의 성공과 실패는 어찌 보면 끊임없는 만남의 과정에서 그 만남을 아름답게 승화시켰느냐, 그렇지 못하느냐의 차이가 아닌가 생각합니다.

다시 한번 그동안 베풀어주신 사랑과 격려 마음속 깊이 간직하겠습니다. 앞으로 부족한 제가 우리 지역과 여러분에게 쓰임이 있는 사람이 되도록 노력하겠습니다.

항상 건강과 행복이 여러분께 충만하시기 빌겠습니다.

감사합니다.

2012.2.17.

감사의 인사말씀

　서령고등학교 교장으로 일한 12년의 세월 동안 참으로 많은 분의 도움을 받았습니다. 이미 고인이 되신 심현직 서령학원 전 이사장님, 임중호 전 교장 선생님, 유수곤 전 교장 선생님, 박원규 전 교장 선생님, 그리고 지금도 왕성하게 활동하고 계신 황택순 박재중 장학재단 이사장님, 안경호 교장 선생님, 현재 제가 모시고 있는 우리 대학 총장이신 함기선 전 서령학원 이사님께 감사 인사드립니다. 부족한 제가 학교 경영을 잘할 수 있도록 언제나 어디서나 자상하고 친절하게 도움과 사랑을 주신 분들이십니다.

　지방에 소재한 사립고등학교는 재정적으로 어려울 수밖에 없는 구조를 가지고 있습니다. 그럼에도 불구하고 이사장님께서 자구책 마련에 참으로 애쓰셨고 감독관청인 충청남도 교육청의 아낌없는 지원은 서령고가 눈부시게 발전할 수 있는 원동력이 되었습니다.

강복환, 오재직, 김종성 전 충청남도 교육감께서는 본인이 학교장으로 재임 중 수차례 본교를 방문하여 학생과 교직원을 격려하고 활발한 교육활동을 하도록 행정 및 재정적 지원을 해줬습니다. 충청남도 도의원으로 활동했던 차성남, 맹정호 동문의 모교사랑도 소중하게 기억합니다.

학교 내부적으로 감사 할 일이 참으로 많습니다. 가치관의 혼란 속에 놓여있는 현대 사회의 교육 현장에서 조금도 굴함이 없이 전문성을 발휘하며 혼신의 힘을 다하여 교육활동을 해준 교사들의 노력에 감사드립니다. 대학수학능력 시험장 운영, 과학중점학교 운영, 지역명문학교 시범운영, 영재교육원 운영 등은 정규 교과 이외의 과정운영에도 뛰어난 두뇌와 통찰력, 도덕적 가치에 대한 정확한 판단을 기초로 헌신적인 노력을 한 분들이 그분들입니다. 또 동창회와 지역사회 그리고 학부모님들과 학교와의 관계를 원활하게 하기 위하여 바쁜 시간을 쪼개 수많은 출장을 하면서 쉼 없이 일을 해 준 몇 분의 선생님을 소중한 기억으로 안고 갑니다.

재임 시절 만난 사회 각계각층의 많은 인사가 학교를 도와주셨습니다. 헤아릴 수 없을 만큼 많지만 몇 분만 소개합니다. 교육부 이수일 정책실장은 본교에 두 차례나 오시어 교육활동을 살펴보셨고 후에 교육부 차관을 지낸 우형식 총청남도 부교육감은 본교의 교육활동 사항을 중앙에 널리 알리는 역할을 해주었습니다. 오완영 교육국장을 비롯한 많은 장학관들은 성공적인 교육경험 사례를 나에게 들려주어 학교 경영에 많은 도움을 주었습니다. 특히 김형순 유광호 김규환 교육장을 비롯한 많은 교육계 선배와 동지들께 감사드립니다. 서산 시장 재임 중 수시로 학교를 방문하여 학생과 교직원들에게 격려와 사랑을 준 김기흥, 조규선, 유상곤, 이완섭 시장님께 감사드립니다. 시의회 이완복 의장 및 시의원들께서도 지역의 학교 발전을 위해 조례를 제정하는 등 수고가 많았습니다.

학교장 재임 중 여러 나라를 방문하여 교육 지도자를 만나 많은 것을 배울 수 있는 기회가 있었습니다. 뉴질랜드 스컷 컬리지의 「머든」교장, 일본 나라시의 「후쿠이 추네오」교육장 등으로부터 넓은 교육적 식견과 철학을 배웠습니다. 특히 자매 학교로 인연을 맺었던 중국 안휘성 합비시 소재 합비1중의 진동 교장은 중국 합비시 의회 부의장이란 중책을 겸직한 사람으로 영국에 있는 대학에서 학위를 받은 엘리트였습니다. 그는 서령고를 참으로 사랑한 외국의 인사라 내 마음에 크게 담고 있는지 모르겠습니다. 앞으로 중국을 위해서도 큰일을 할 수 있는 분이라는 생각이 듭니다.

일본 구미하마고교의 모토이 교장은 참으로 다정다감한 분이었습니다. 일본에서 두 차례, 한국에서 두 차례 교류하면서 한·일 간의 교육 현안에 대한 숨김없는 이야기를 나눈 것이 기억에 남습니다.

　　이 책을 출간하기까지 나의 고민은 깊었습니다. 중등학교에 재직 연한이 남아있는 상태에서 조직의 활성화와 후진에게 승진할 기회를 주고자 명퇴를 결심했고, 우연치 않게 함기선 총장님의 부름을 받게 되어 대학으로 가게 되었습니다. 대학 재임 중 틈틈이 재직 시 학교 운영 사례를 정리해 놓고 출판을 망설이던 중 도서출판 행복에너지 권선복 대표의 격려로 용기를 내게 되었습니다. 부족한 모든 부분을 다듬어 주신 출판사에 계신 분들에게 감사의 말을 전합니다.

　　나는 10남매의 장남으로 태어났습니다. 구십이 가까운 노모께서는 아직도 자식걱정이 많으십니다. 나의 형제 10남매는 모두다 자신의 일에 최선을 다하며 가족 간에 서로 사랑하며 지내고 있습니다. 장모님과 하나밖에 없는 처형내외분들도 늘 나에게 응원을 주십니다. 교육현장에서 나의 조언자로 동반자로 생활하는 아내 강희진 교장은 나에게 가장 소중한 존재입니다. 내가 올바른 교육자의 길을 걷도록 늘 힘을 북돋아 줍니다.

　　송국범 교수님은 저와 함께 중등에서 교단을 지키며 부족한 저를 일깨워준 존경하는 선배님이자 동료였습니다. 제가 교장 재임 중 물심양면으로 도움을 주신 고 이승재회장님 지금도 새로운 정보를 얻도록 신간 서적을 보내주시는 김길수 전 동창회장님과 역대 동창회장님 그리고 성경식 선배님을 비롯한 동문 여러분 참으로 고맙습니다.

학교는 학생들에게 기회를 제공하는 장소라는 생각은 날이 갈수록 더욱 신념으로 자리 잡아 갑니다. 학교가 그 역할을 제대로 하기 위해서는 구성원들의 많은 노력이 필요하다고 생각합니다.

이번 저서 간행에 사진 등 부족한 자료를 찾아 도움을 준 한철웅, 신현욱, 신학균 선생님과 원고정리와 사진 정리에 수고를 아끼지 않은 바닐라 류용곤 사장 그리고 이효정, 김도우에게 고마운 말을 전합니다.

2017. 08.

가야산자락 인곡관 연구실에서

학생을 위한 진정한 교육정신으로
대한민국 모든 교직자들에게 행복과 긍정의 에너지가
팡팡팡 샘솟으시기를 기원드립니다!

권선복

(도서출판 행복에너지 대표이사, 영상고등학교 운영위원장)

현재 우리의 교육은 미래가 불확실하며 진정한 의미의 교육을 등진 지 오래되었습니다. 학교는 제 기능을 상실했고, 사교육에 의존하며 학생 개개인의 다양성과 특성을 키워주는 것보다는 단순히 입시에만 목매달며 대학진학률만으로 순위를 정하는 것이 현실입니다. 이런 교육현실 속에서 책『학교를 가꾸는 사람들』은 우리에게 진정한 교육에 대한 가르침을 줍니다.

서령고등학교를 졸업하고 국민대학교, 한서대학교 대학원에서 학위를 취득하고 호서고등학교와 서령고등학교에서 교사를 지낸 뒤 모교인 서령고등학교의 교장을 역임했던 저자는 자신의 경험을 바탕으로 참교육에 필요한 요소들과 이를 위해서는 교육에 혁신이 필요함을 말합니다. 서령고등학교에 실천한 혁신의 기틀은 무엇이며 미래의 주인공인 학생들을 지도하기 위해 교원들은 어떤 열정을 보이는지, 사립학교가 명문으로 거듭나기 위해 학부모와 지역사회가 어떻게 지원하고 지지하며 이에 학생들이 어떤 모습으로 부응하였는지를 말합니다. 또한, 이 모든 교육의 끝에 생기는 교원으로서의 자부심과 긍지란 어떤 것인지 보여줍니다. 그저 대학진학률로 모든 것을 평가하는 우리의 교육 현실의 비판으로 끝나는 것이 아니라, 이러한 현실을 이겨내기 위해 직접 실천했던 교육 혁신을 제시하여 우리의 교육이 가야 할 길을 환하게 밝혀줍니다.

저자는 "일등생보다는 유일한 한 사람을 키우기 위하여"라는 슬로건 아래 모교인 서령고등학교에 몸담고 있던 30년간 수많은 교육혁신과 성과를 이루어냈습니다. 이처럼 교육에 대한 열정으로 가득한 저자의 삶은 현직 사학 교육자들이 반드시 알아야 할 훌륭한 귀감이 될 것이라 믿어 의심치 않습니다. 또한, 교육자로서 이룩한 성과를 이렇게 책으로 엮어낼 수 있다는 것은 모든 교육자의 본보기가 될 것입니다. 저자의 교육에 대한 열정과 그 정신에 학부모와 교원, 그리고 지역사회가 합심하여 미래 세대를 위한 참교육이 이루어지기를 소망하며, 모든 분들의 삶에 행복과 긍정의 에너지가 팡팡팡 샘솟으시기를 기원드립니다.

Happy Energy books

좋은 **원고**나 **출판 기획**이 있으신 분은 언제든지 **행복에너지**의 문을 두드려 주시기 바랍니다.
ksbdata@hanmail.net www.happybook.or.kr 단체구입문의 ☎010-3267-6277

하루 5분 나를 바꾸는 긍정훈련
행복에너지

권선복

도서출판 행복에너지 대표
대통령직속 지역발전위원회
문화복지 전문위원
새마을문고 서울시 강서구 회장
한국정책학회 운영이사
영상고등학교 운영위원장
아주대학교 공공정책대학원 졸업
충남 논산 출생

'긍정훈련'당신의 삶을 행복으로 인도할
최고의, 최후의 '멘토'

'행복에너지 권선복 대표이사'가 전하는
행복과 긍정의 에너지, 그 삶의 이야기!

국민 한 사람, 한 사람이 모여 큰 뜻을 이루고 그 뜻에 걸맞은 지혜로운 대한민국이 되기 위한 긍정의 위력을 이 책에서 보았습니다. 이 책의 출간이 부디 사회 곳곳 '긍정하는 사람들'을 이끌고 나아가 국민 전체의 앞날에 길잡이가 되어주길 기원합니다.

** 이원종 前 대통령 비서실장/서울시장/충북도지사

'하루 5분 나를 바꾸는 긍정훈련'이라는 부제에서 알 수 있듯 이 책은 귀감이 되는 사례를 전파하여 개인에게만 머무르지 않는, 사회 전체의 시각에 입각한 '새로운 생활에의 초대'입니다. 독자 여러분께서는 긍정으로 무장되어 가는 자신을 발견할 수 있을 것입니다.

** 조영탁 휴넷 대표이사

권선복 지음 | 15,00

"좋은 책을 만들어드립니다"

저자의 의도 최대한 반영!
전문 인력의 축적된 노하우를 통한 제작!
다양한 마케팅 및 광고 지원!

최초 기획부터 출간에 이르기까지, 보도 자료 배포부터 판매 유통까지! 확실히 책임져 드리고 있습니다. 좋은 원고나 기획이 있으신 분, 블로그나 카페에 좋은 글이 있는 분들은 언제든지 도서출판 행복에너지의 문을 두드려 주십시오! 좋은 책을 만들어 드리겠습니다.

| 출간도서종류 |
시·수필·소설·자기계발·일반서
인문교양서·평전·칼럼·여행기
회고록·교본

도서출판 행복에너지
www.happybook.or.kr
☎010-3267-6277
e-mail_ksbdata@daum.net